執着王と禁じられた愛妾

Mashii Imai
今井真椎

CHARADE BUNKO

Illustration

Ciel

CONTENTS

序章

「そっちへ行ったぞ！　捕まえろ！」

兵士の怒号が木霊《こだま》する宮殿の廊下を、少年は息を切らして走っていた。

迷路のように入り組む廊下を当てもなく走り続け、もうどれぐらい経《た》っただろう。

王の寝所から脇目《わきめ》も振らず逃げてきたせいで、頭の後ろで綺麗《きれい》に結いあげていた髪はすっかり解《ほど》け、白い夜着は肩を滑り落ち、だらしなくはだけている。

だが、身なりに構っている余裕はない。

「痩《や》せこけた黒髪のガキだ！　なんとしても捕らえて陛下のもとへお連れしろ！」

兵士たちの声が間近に迫ってくる。

忙《せわ》しなく響く金属音は、彼らが身に着けた鎧《よろい》と手に持った武器がぶつかる音だろう。

いったい何人の追手が差し向けられているのか、ようやく一人振り切ったと思っても、またすぐに次の兵士が現れる。

（いやだ、捕まりたくない！　捕まったら殺される……僕のあそこを王様に食べられちゃう！）

つい先ほど我が身を襲った恐怖を思い出し、少年は大きな瞳《ひとみ》にぶわっと涙を浮かべた。

少年の名は藍玲深《らんれいしん》という。今年数えで十三歳になる、しがない町医者の息子だ。

藍家は代々王宮付きの典医を務めてきた名家だったが、玲深の祖父の代に没落し、今は市井の民を相手に小さな診療所を開き、慎ましく暮らしている。

貧しいながらも、優しい両親と可愛《かわい》い二人の弟妹とともに、玲深はそれなりに満ち足りた生活を送っていた。

そんな玲深のもとに、突如大量の金子《きんす》とともに王宮への出仕を命じる密書が届いたのが先週のこと。

まさに晴天の霹靂《へきれき》といってもいい出来事だった。

(どうして僕が選ばれたんだろうって不思議に思ってたけど、きっと最初から僕みたいな子どもをたくさん集めて、王様に食べさせるつもりだったんだ!)

玲深の住む煌国《こうこく》の王は長く病に伏せており、ここ数年は公の場に姿を現したことがない。跡取りの皇子はまだ幼く、政務を代行できる状態ではないため、側近たちは王の延命に躍起になっていたのかもしれない。

——まだ穢《けが》れを知らぬ男児の睾丸《こうがん》を食せば、不老不死の秘薬になりうると。

そんな馬鹿げた話あるわけがないのに、迷信を信じた王と側近たちは、数年前から見栄えのよい男児を国中から秘密裏に集めては、性器を切り取るという非道な行為を繰り返していたらしい。

王宮に連れてこられた玲深が最初に通されたのは窓一つない塗り込めの待機部屋で、その隣室には用済みとなった少年たちが骸《むくろ》となって何人も並べられていた。

（もし、このまま捕まったら、僕もああなるんだ……いやだ、死にたくないよ……こんなところで死にたくない！）

その一心で、玲深は王の寝室へ連れていかれる途中、警備兵の一瞬の隙《すき》を突いて、脇目もふらず逃げ出した。

兵士もひ弱な子ども一人と思い、油断していたのだろう。

玲深は同年代の子に比べ背が低く、細身で女の子に間違えられることも多かったが、身の軽さだけは自信があった。

死にものぐるいで、金箔《きんぱく》や大理石で飾られた絢爛《けんらん》豪華な廊下を駆け抜けていく。

やがて玲深は、中庭に面する渡り廊下へと出た。

中庭の中央には大きな噴水があり、その周囲を取り囲むように、色とりどりの建物が立ち並んでいる。

しかし、渡り廊下の先は行き止まりとなっており、これ以上進むことができない。

（嘘……どうすれば……）

玲深は慌てて周囲を見渡した。

どこか近くに隠れる場所はないだろうか。

建物の中は危険だ。部屋に誰がいるかもわからない。誰かに見つかったが最後、自分は王の寝所に連れ戻されてしまう。

「おい、そっちはどうだ？　いたか？」

兵士の足音が容赦なく近づいてくる。

あと、身を隠せる場所といえば、中庭の中央にある噴水の陰か、その後ろに群生する薔薇《ばら》の生け垣の中……。

一か八か——玲深は思い切って生け垣の中に飛び込んだ。

薔薇の棘《とげ》が肌を引っ掻《か》き、ぴりっと鋭い痛みが走る。しかし、玲深は地面の上に転がったまま懸命に声を殺し、兵士が気づかずに通り過ぎてくれるのを待った。

「くそっ、どこに行きやがったんだ、あのガキ！」

大きく舌打ちする声が聞こえ、兵士の声と足音が次第に遠のいていく。

どうやら無事やり過ごせたらしい。

玲深はほっと息をつき、小さく丸めていた体を起こした。

と、次の瞬間、生け垣がガサリと音を立て、玲深の顔に何かが飛びついてきた。

「……っ！」

突然視界を塞《ふさ》がれ、玲深は慌てて目の前に貼《は》りつく物体を右手で払った。

温かく柔らかい感触とともに、「ニャ！」と短い鳴き声があがる。

(猫……？)

恐る恐る目を開き、足元の地面に視線を落とすと、そこには小さな体をした白い猫がいた。

猫は玲深に乱暴に払われたことに腹を立てたのか、低く上体を屈《かが》め、フーフーと牙《きば》を見せている。

「小鈴《シャオリン》！」

すると、今度は少年の声が聞こえた。

呼ばれた名に反応して、白い猫が鳴き声を返す。

「どうしたんだ突然、小鈴。こんなところに飛び込んだりして」

薔薇の生け垣の中に、一人の少年ががさがさと踏み入ってくる。

年は玲深より一つか二つ上だろうか。

煌国ではめずらしい、紅《あか》い髪に金銅色の瞳。

襟元と袖口《そでぐち》を贅沢《ぜいたく》に金糸で縁どった、上等な黒い袍《ほう》を着た姿からして、この宮殿に住んでいる少年だろうか。

「誰だお前は。ここで何をしている」

少年は生け垣の中に玲深を見つけると、鋭い声で問いかけてきた。

猫を抱きあげ、玲深から遠ざけるように一歩後方に距離をとる。

少年が不審がるのも当然だ。突然、彼の住む宮殿の中庭に、見知らぬ子どもが隠れていたら、誰だって驚く。

しかし、ここで見張りの兵士を呼ばれるわけにはいかない。

紅い髪を後ろで一つに結った少年の顔は年齢の割に厳しく、見る人を威圧するような鋭い眼光を備えている。

だが、猫を抱く手つきは優しい。悪い人ではなさそうだ。

「た、助けて……」

藁《わら》にも縋《すが》る思いで、玲深は少年に頼んだ。

「お願い、僕を助けて。このままじゃ殺されちゃう。さっきからずっと追われてるんだ。僕のこと、た、食べるって……皇帝陛下が……」

「父上が？　どういうことだ？」

少年は猫を抱いたまま、潜めた声で問いかけてくる。

皇帝を父と呼ぶということは、彼は皇子なのだろうか。

皇子と直接口を利くなんて、普段なら恐れ多い事態だ。それ以上に今の窮地を乗り切ることに必死で、玲深は王宮に連れてこられた経緯を懸命に彼に説明した。

「最初は、皇子様のお話し相手をするように言われて、ここに来たんだ。だけど、急に皇帝陛下の御前に呼ばれることになって……体を隅々まで洗われて……」

それより先は想像するのも恐ろしい。あのまま皇帝の寝所に連れていかれていたら、今頃自分は殺されていたに違いない。

玲深ががたがたと体を震わせていると、少年は不思議そうに眉《まゆ》を顰《ひそ》めた。

「俺はそんな話は聞いていないぞ」

と、そのとき、中庭に数人の兵士がやってきて、裏返った声で叫んだ。

「烈雅《れつが》様！」

少年が後ろを振り返る。烈雅とは彼の名だろうか。

玲深は思わず少年の服を掴《つか》んだ。

兵士のあとに続いて、黒い官服に身を包んだ集団がぞろぞろとやってきたからだ。少年が小さく舌打ちをして、抱いていた猫を地面に下ろす。

ついに見つかってしまった。

逃げおおせたつもりはなかったが、少年と話している間に、周囲の捜索を終えた兵士たちが中庭に戻ってきてしまったのだろう。

集団の中央には、取り巻きに守られるように、白い夜着の上に金の打掛を羽織った白髪の男が、杖《つえ》を突きながらゆっくりと歩いてくるのが見えた。

「こ、皇帝陛下！」

中庭に集まった兵士たちが一斉にその場に平伏する。

玲深が皇帝を見るのはこれが初めてだったが、長く病床にあるという噂《うわさ》は本当だったらしく、見るからに痩せ細り、病み疲れた土気色の肌をしている。


「烈雅。その童子を返せ。それは、儂《わし》の贄《にえ》だ」

皇帝は生け垣の中に立つ少年を一瞥《いちべつ》すると、少年の後ろに座り込む玲深を指さし、しゃがれた声で命じた。

わざわざ皇帝自ら玲深を捜しに来るとは、思ってもみなかった。

それほど、不老不死の妙薬を得ることに皇帝は執着しているのだろう。

濃い隈《くま》に縁どられた少年と同じ金色の瞳が、まるでそこだけ別の生き物のように、ぎらぎらと異様に光っている。

（嫌だ、死にたくない。お願い、助けて……助けて……）

玲深は少年の着物をさらにぎゅっと握った。

この場で縋れるものは、もう少年以外にない。

少年の背に隠れ、がたがたと震えているると、少年は誰からも見えないようにそっと後ろに手を伸ばし、玲深の手を力強く握ってくれた。

（え……？）

もしかして、助けてくれるのだろうか。

玲深の胸にわずかな希望が広がる。

少年は再び皇帝の正面に向き直ると、毅然《きぜん》とした口調で言った。

「嫌です。この者を父上のもとに返したら、食べるおつもりなのでしょう？　不老不死の妙薬を得るために、童子を集めているという噂は本当だったのですね」

「それの何が悪い。その童子は親に金で売られたのだ。それを儂がどう扱おうと、何も文句は言えまい」

皇帝は苛立《いらだ》たしげに、手に持った杖でどんと地面を叩《たた》く。

少年が真意を確かめるように、ちらりと玲深の顔を振り返る。

（違う……っ、たしかに金子は貰《もら》ったけど、父上も母上も最後まで反対していたんだ。それを僕が行きたいと言って、無理矢理……）

玲深は懸命に首を横に振りながら、零《こぼ》れてくる涙を拭《ぬぐ》った。

玲深が王宮への出仕を決めたのは、家族で経営している診療所が潰《つぶ》れかけていたからだ。城下でたったひとつの、庶民を格安で受け入れる診療所がなくなれば、貧しい民は治療を受けることができなくなる。

そして玲深の家族も路頭に迷うことになるだろう。

だから、どうしても金子が必要だった。自分が王宮に仕えることで皆を守れるなら、決して悪い話ではないと思い、玲深はここまでやってきたのだ。

「ですが、このように哀れな者を俺は見捨ててはおけません。人としての道を外れるのも大概になさいませ、父上」

「なんだと？」

「童子の睾丸に不老不死の効用などありません。いい加減目をお覚ましください」

「うるさい、お前に指図される筋合いはない！　いいから、その者をこちらによこせ！　お前に近づくと穢れる！」

皇帝が杖の先を少年に向け、激昂《げっこう》する。

そのあまりの物言いに玲深は怯《ひる》んだ。

親子だというのに、二人は仲が悪いのだろうか。実の息子をまるで汚物のように言うなんて、あまりにもひどすぎる。

しかし、少年は悲しげな表情でじっと皇帝を見つめたまま、微動だにしなかった。

普段からこのような暴言を言われ慣れているのか、玲深の手をしっかりと握り、かすかに肩を震わせるだけだった。

「ならば、穢してみせましょう」

しばらく沈黙が落ちたあと、少年は何を思ったのか、おもむろに振り返り、玲深の顎《あご》を持ち上げた。

そして、唇にそっと己のものを寄せてくる。

（え……？）

唇に優しい感触を覚えた瞬間、皇帝の怒号が中庭に響き渡った。

思わず少年に摑みかかろうとした皇帝を側近の者たちが慌てて引きとめている。

少年は狼狽《ろうばい》した皇帝の様子を視界に認めると、玲深との口づけを解き、勝ち誇った笑みを浮かべた。

「この者はたった今、俺の夜伽《よとぎ》役にすると決めました。だから、父上には渡さない」

「何を勝手なことを！」

皇帝の土気色の顔が、興奮で真っ赤に染まる。

「母が母なら、子も子だな！　この恥知らずが！　どうして皆、儂の言うことを聞かぬのだ！」

皇帝は地団駄を踏み、激しく咳《せ》き込《こ》んだ。

「王！」

側近と思《おぼ》しき男が慌てて皇帝の体を抱き支える。

「お体に障ります。どうか寝所にお戻りくださいませ。この童子は私が後ほど連れて参りますゆえ」

側近は必死に皇帝を宥《なだ》めようとするが、その言葉はさらに皇帝の怒りを煽《あお》ったらしい。

「穢らわしい！　烈雅の手のついた童子など、もう要《い》らぬわ！　捨て置け！」

「烈雅、貴様！」

そう言うと、皇帝はごほごほと咳き込みながら、踵《きびす》を返した。

肩を貸そうとする側近たちの申し出を断り、杖を突きながら、よろよろと中庭から立ち去っていく。

しばらくそれを啞然《あぜん》と見守っていた兵士たちも、慌てて皇帝のあとに続いた。

まるで今までのやりとりが嘘のように、玲深は少年と二人きりで中庭に残される。

助かった……のだろうか。

ほっとしてずるずるとその場にくずおれると、少年が脇を抱き支えてくれた。

「大丈夫か？」

「は……い」

「怖い思いをさせて悪かったな。父上はいつもああなのだ。病を得てからというものの、不老不死の法を求めて、手段を選ばぬ愚かな王に成り下がってしまった。俺が詫《わ》びても代わりにはならないかもしれないが、どうか許してほしい」

少年が苦しげな表情で目を伏せる。

あれほど皇帝に邪険に扱われても、父親を庇《かば》おうとする少年の優しさに玲深は感動した。

「いえ。助けていただいて、ありがとうございました」

「お前を守るためといえ、咄嗟《とっさ》にお前を俺の夜伽役にすると言ってしまった。嫌ならば断ってもいいのだぞ」

しばらく悩んだあと玲深は首を横に振った。

皇帝は怖いけれど、この少年は違う。実の父親とはいえ、皇帝に逆らうなんて、どれだけの勇気が必要だったろう。自分の命を助けたことで少年はさらに皇帝の怒りを買ってしまったかもしれない。なぜあれほどまでに少年が皇帝に嫌われているのかはわからないが、今度は自分がこの少年を守りたいと玲深は思った。

「僕……いえ、私でよければ、誠心誠意お仕えします」

城下に残してきた家族のことは心配だったが、すでに金子を受け取ってしまっている以上、今さら帰るわけにはいかない。

これからは、この心優しい少年が、自分の主《あるじ》だ。

玲深は深く頭を下げ、少年の沓先《くつさき》に口づけた。

王宮にあがる前に両親から教わった、忠誠を誓う臣下の礼だ。

「それで、あの……夜伽役とはなんなのですか？」

恐る恐る玲深が問いかけると、少年ははにかんだように笑った。

「いずれわかる」

優しく頭を撫《な》でられる。

「俺は烈雅だ。お前は？」

少年は膝《ひざ》を折り、玲深と目線を合わせ、訊《き》いてくる。

どうしてだろう。

胸が高鳴る。少年と顔を近づけているせいだろうか。

今日初めて会ったばかりの少年なのに、まるで昔からの知り合いに出会ったかのように、視線が自然と引き寄せられる。

「私の名前は……」

それが玲深と烈雅の初めての出会いだった。

第一章

大陸の乾いた砂を孕《はら》む風が、紫色の帳《とばり》を静かに揺らす仲秋の夜。

寝台の上に四つん這《ば》いになり腰を高く掲げられた格好で、藍玲深は幾度目ともわからぬ絶頂に掠《かす》れた悲鳴をあげ、敷布の上に突っ伏した。

「どうした？　もう降参か？」

玲深を後ろから執拗《しつよう》に突きあげていた男が動きを止め、低く喉《のど》を鳴らす。

晩酌を終えるやいなや、玲深が寝所に連れ込まれ、もう二刻はゆうに過ぎている。

さんざん焦《じ》らされた挙句、玲深が吐き出した精はほんのわずかだった。

先王の喪が明けてから連日続く、夜が更けても一向に終わりを見せない情交のせいで、すっかり精を搾り取られてしまったようだ。

「お許しください烈雅様。もう辛《つろ》うございます」

玲深は乱れた黒髪もそのまま、息も絶え絶えに己の腰を掴む男を振り返った。

男の名は煌烈雅という。先月即位したばかりの、大陸の六割の国土を誇る煌国の若き国主である。

後宮の中庭で烈雅と出会ってから十年が過ぎ、烈雅は逞《たくま》しい偉丈夫へと成長していた。

北方の騎馬民族として名高い羌族《きょう》から嫁いだ母譲りの紅い髪に、禍々《まがまが》しくも美しい金銅色の瞳。剣技訓練の賜物《たまもの》であろう、鋼のように鍛えられた筋肉を全身に纏《まと》い、男らしく整った精悍《せいかん》な目鼻立ちは、見る者を惹《ひ》きつけてやまない。

「音をあげるのはまだ早いぞ玲深。俺はまだ満足していないのだからな」

烈雅は背中まで伸びた紅い髪を無造作に右手で払い、艶然《えんぜん》と微笑《ほほえ》む。すでに体力の限界を迎えている玲深と違い、まだ余裕があるようだ。

「ですが、烈雅様。これ以上はどうか……明日の執務に響きますゆえ」

玲深は早く楽になりたい一心で、どうにか烈雅を説得しようと試みた。

しかし、そんな思惑はあっさりと鼻先で笑い飛ばされてしまう。

「執務など、官吏どもに任せておけばよい。どうせ俺が口を挟んだところで、政事《まつりごと》は変わらぬ。それはお前が一番よく知っているだろうに」

どこか自嘲《じちょう》するような声が寝所に寂しく響く。

烈雅の父である先王の病状が悪化し、崩御したのがひと月前。

ほどなくして慌ただしく即位式が執り行われ、烈雅は新たに王となったが、その頃から玲深を閨《ねや》に呼び出す頻度が一段とあがった。

烈雅としても不安だったのだろう。

父王との仲はよくなかったと聞いているが、唯一の肉親を亡くした衝撃が少なからずあったに違いない。

　そして、これから自身に課せられるであろう王としての重責に、見かけよりも繊細で脆《もろ》い心が耐えられなかったのかもしれない。

「何をおっしゃいます……。政事は王を中心にして執り行うべきもの。いわば、烈雅様のお仕事で、ございます。官吏の……んっ、手に、任せるなど、そのようなことが……っあ、っては……」

　玲深が懸命に道理を説いているにもかかわらず、烈雅は後ろから玲深の双玉を摑み、そこを手鞠《てまり》を転がすように弄《もてあそ》んでくる。

「……っ、おやめください、烈雅、さま……まだお話が」

「つまらぬ話など聞きたくない。執務が俺の仕事だと言うなら、俺の閨の相手を務めるのがお前の仕事だろう？　違うのか？」

「あっ……んぅ……」

　熟れた肉筒を埋める牡《おす》が再び最奥に突き刺さり、玲深は烈雅の腕の中でしどけなく仰《の》け反《ぞ》った。

　煌国には古くより、夜伽役と呼ばれる青年が婚礼前の皇子に閨での作法を教える慣習がある。

　大抵は有力な貴族の子弟から選ばれることが多いが、先帝の前で玲深を夜伽役にすると宣言した約束を烈雅はしっかりと守った。

そのため、玲深は十年前烈雅と出会った日以来、昼間は烈雅の側仕《そばづか》えとしてともに暮らし、そして夜は彼の求めに応じて夜伽役として閨に侍《はべ》っている。

（本当なら断ることもできた。けれど、私は烈雅様に恩をお返ししたかった……。どんな形であれ、私の命を助けてくださった烈雅様のそばにお仕えできるなら、私はなんと言われようと構わない）

皇子の閨に侍る夜伽役は、時として尻貴族と蔑《さげす》まれることがある。皇子の即位後は、その寵愛《ちょうあい》に応じて高い官位を賜《たまわ》ることができるからだ。

実際、玲深が後宮にやってくる前は、こぞって自分たちの子弟を烈雅に引き合わせようと画策する貴族たちに、烈雅は辟易《へきえき》していたと聞く。

そのような邪心のない者なら誰でもいいと、烈雅は思っていたのかもしれない。

（烈雅様はお寂しかったのだ。だから、夜伽役を私などに……）

そうでなければ、あのとき出会ったばかりの玲深を、迷わず夜伽役に選ぶわけがないだろう。

幼くして母である羌妃を亡くした烈雅は、愛妾《あいしょう》とその間に生まれた異母弟を溺愛《できあい》する父王から存命中ほとんど顧みられなかったと聞く。

それればかりか、烈雅の廃嫡を望む政敵から頻繁に命も狙《ねら》われていたようだ。

玲深と出会ったばかりの頃の烈雅は常に毒見役を供につけ、睡眠も満足にとれていないのか、目の下に大きな隈を浮かべていた。

その烈雅が今は安心しきったような無防備な笑みを浮かべ、玲深を抱いている。

玲深だけは自分を害さない、誰よりも忠実な臣下であることを烈雅は知っているからだ。

「俺はお前を抱いてからでないと眠れぬのだ。だから、もうしばらくつき合え」

「んっ……」

背後から被《かぶ》さるように抱きしめられ、耳元で低く囁《ささや》かれる。

(烈雅様はずるい……。そのように言われては断る術《すべ》をなくしてしまう……)

ゆるゆると律動を再開する烈雅の熱を体の奥で感じながら、玲深は深く息を吐いた。

就寝間際に害意のない人肌の温《ぬく》もりに触れることで、烈雅が安眠を得ているのは事実だ。

だから今宵も夜が明けるまで、玲深は烈雅の抱き枕《まくら》にならなくてはいけない。

「……っ、そのお役目は、重々、承知しておりますが……、どうしても私でなくてはだめなのですか？」

激しく揺さぶられながら、断られることを承知で玲深は尋ねた。

「どういう意味だ？」

「烈雅様がお望みになれば夜伽役のお相手ならほかにもたくさんいらっしゃるでしょう？

何も私一人でなくても……」

夜伽役として烈雅の役に立てていることは嬉《うれ》しい。

だが、それが毎夜続けば、体に堪《こた》える。

現に今も寝台の上で四つん這いになった脚はがくがくと震えるし、烈雅の突きあげに合わせて嬌声《きょうせい》をもらす喉はすっかり嗄《か》れてしまっている。

「ならぬ。俺はお前以外抱くつもりはないと何度言えばわかるのだ?」

「っぁ……!」

その瞬間、左肩に鋭い痛みを覚え、玲深は全身を強張《こわば》らせた。烈雅がまるで獣のように玲深の肩に歯を立ててきたからだ。

「おやめください、烈雅様。また痕《あと》が……」

「わざと残しているのだ。お前が俺のものだという証《あかし》をな」

烈雅は満足そうに笑い、歯型を残した玲深の肌を指先で撫でる。

せっかく前回の傷が消えたばかりなのに、こうも頻繁に寵愛の痕跡《こんせき》を残されては、湯浴みを手伝ってくれる侍女たちにまた冷やかされかねない。

烈雅の寝所に召されるまで玲深は清童だったため、烈雅を喜ばせる閨の技術を何も持ち合わせていなかった。

だから、烈雅から求められたらどんな行為でも受け容《い》れようと覚悟を決めていたが、この嚙《か》み癖には少々困っていた。

普段、烈雅に抱かれていないときも、傷が痛むたびその愛撫《あいぶ》を思い出し、体が勝手に火照ってしまうからだ。

「相変わらずお前の肌は甘いな」

うっすらと血の滲《にじ》む肌を舐《な》め、烈雅が背後から玲深の体をきつく抱きしめてくる。

母譲りのきめ細かい白い肌は昔から褒められることが多かった。しかし、その味を褒めたのはあとにも先にも烈雅一人だけだ。

「そのようなことをおっしゃるのは烈雅様だけでございます……」

恥ずかしさに身を縮こまらせ、小声で呟《つぶや》くと、烈雅は玲深の乱れた黒髪を指先に絡め、そこに優しく口づけてきた。

「そうだ。お前の肌の味を知っているのも、この髪に触れていいのも俺だけだ。ほかの誰にも渡さぬ」

玲深は思わず赤面した。

烈雅は時折このように、閨での睦言《むつごと》にしては恐れ多いほどの言葉を玲深にかけてくれる。

しかし、玲深の夜伽役としての役目は、烈雅が妃《きさき》を迎えるまでの間だけ。

烈雅には生まれたときから、隣国である蔡《さい》の第一皇女が許嫁《いいなずけ》として定められている。

――その婚礼の日があと一ヶ月後に迫っていた。

「愛しているぞ、玲深。俺は一生、お前だけだ」

体を反転され、優しく唇を吸われる。

口蓋《こうがい》をくすぐるような甘い口づけに、玲深はうっとりと酔った。

今後も一生烈雅のそばに仕え、抱き合うことができたら、どれだけ幸せだろう。

そんな夢、願うことすら許されないのに。

——私も愛しています。

胸に秘めた想《おも》いは、終《つい》ぞ口にすることができなかった。

*

玲深が解放されたのは夜も深まり、月が西の地平に沈みかけた頃だった。

開け放たれた寝所の窓から虫の音が聞こえる。

つい先日まで蒸し暑さに辟易していたのが嘘のように、都はすっかり秋めいてきた。

寝所を覆い隠す紫色の帳を揺らす風は肌寒く、情事の余韻に火照った体をほどよく冷ましてくれる。

いつの間に寝所に戻ってきたのか、枕元には小鈴の姿があった。烈雅の体の向こうで白い体を丸めて、大きなあくびをかいている。

片腕を枕に突く形で寝台に横たわった烈雅は、先ほどから黙って玲深の長い髪を梳《す》いている。天井から吊《つ》るした小さな燭台《しょくだい》のみが照らす薄暗がりのせいで表情はよく見えないが、いつになく機嫌がいいようだった。

できることならこの穏やかな時間に身を委《ゆだ》ねて、いつものように烈雅と朝までまどろんでいたい。

しかし、そんな贅沢はもう許されないのだ。

「……婚礼のお日取りが決まったそうですね」

玲深は目を伏せ、静かに切り出した。

それは今宵、閨に呼ばれたときから、必ず烈雅に話しておかなければいけないと決意していたことだった。

「誰から聞いた？」

玲深の髪を梳いていた右手をぴたりと止め、烈雅が露骨に顔をしかめる。

閨ではやはりこの話題は禁句だったようだ。烈雅の纏う雰囲気が甘いものから、一瞬にしてきつく張り詰めたものに変わる。

「太監《たいかん》様より……」

玲深がその名を口にした途端、烈雅は大きく舌打ちした。

「あいつら宦官《かんがん》はおしゃべりが過ぎる。男としての機能を失うと、老女のように口さがなくなるようだな」

宦官とは後宮に仕える去勢された男性の召使のことで、その長が太監と呼ばれる者だ。

現在の太監は、烈雅の母親が存命の頃より後宮に仕えている老宦官で、烈雅が王位を継いだあとは宦官の重用を嫌う烈雅に早々に見切りをつけ、未来の王妃を自らの派閥に取り入れるべく、婚礼の日を今か今かと首を長くして待っていると聞く。

もちろん、烈雅もそれは知っているだろうが、玲深は相手が誰であってもなるべく悪口を言いたくなかった。人への悪口はいつか自分に返ってくると知っているからだ。

「……烈雅様がようやく婚礼をご決断くださったと、太監様は殊の外お喜びのご様子でした。先王陛下が身罷《みまか》られてからというものの、我が国では水害や山火事といった凶事が続いておりましたから、この吉報を聞けばきっと民も喜ぶことでしょう」

国王の婚礼は国力の安定と王家の繁栄につながる。世継ぎの誕生を待ち望んでいる国民も多いだろう。

だから、これは自分も祝うべき慶事なのだ。

玲深は寝台の上で体を起こし、薄い夜着を肩に羽織った。

「婚礼のお日にちは、来月の朔の日と伺っております。ちょうど星回りも佳《よ》き頃。麗《うるわ》しきご縁に恵まれましたこと、私からも心よりお慶《よろこ》び申し上げます」

固く唇を引き結び、その場に両手を揃《そろ》える。恭しく頭を垂れ、玲深は臣下として精一杯烈雅を寿《ことほ》いだ。

私情を挟んではいけない。

たとえ相手が自分でなくても、烈雅には幸せになってほしい。

烈雅の婚約者である蔡の皇女は容姿端麗で才気煥発《かんぱつ》、烈雅との年回りもよく、非の打ちどころのない姫君と聞いている。

しかし、烈雅の反応は芳しくなかった。

「何がめでたいものか。俺は人柱として捧《ささ》げられるのだぞ?」

「え?」

皮肉るような冷めた声に、玲深は思わず顔をあげた。

烈雅が蔡の皇女との婚姻に乗り気でなく、王位を継いでからも、のらりくらりと具体的な日取りを決めることを避けていたことは知っている。

だが、農業が盛んな煌国では穀物の収穫を終えたこの時期に婚礼を挙げることが、一年の中で最も好ましいとされる。

国民に待ち望まれた婚礼。

血筋も申し分なく、賢く美しいと評判の姫君。

烈雅はいったい何が不満なのだろう。

「先月、煌の西域が水害に遭ったのはお前も知っているだろう。あれを復興させるにはどうしても蔡の援助がいる。今まで延ばし延ばしにしてきたが、とうとう俺が生贄として差し出される日が決まったいうわけだ」

「そのようなこと……」

「何が違う？　俺は王とは名ばかりの、煌国の狗《いぬ》だ。権力を握った貴族どもの手のひらで転がされるただの傀儡《くぐつ》に過ぎない」

烈雅は寝台に横たわったまま、額に落ちた前髪を右手でかきあげ、ハッと短く笑った。

自虐とも本心ともとれるその言葉は、もしかしたら烈雅がずっと思い悩んできたことなのかもしれない。

たしかに烈雅の言う通り、この国の政治は腐敗している。

富は貴族や一部の権力者のもとに集まり、農民たちは干ばつや飢饉《ききん》に怯《おび》え、職を失った者たちは街に出て、盗みや物乞《ものご》いをして日々の暮らしをつないでいる。

かつて後宮にあがる前、父の往診に付き添い、玲深が貧民街で見てきた現実はもっとひどいものだった。

雨風を凌《しの》ぐのがやっとの小屋に身を寄せ合って暮らす人々。親に売られ、幼くして花街で暮らす子どもたち。

ひとたび伝染病が流行《はや》れば、この国ではそのような弱い者から順に次々と野垂れ死んでゆく。

いくら医術の心得があろうと、医術だけでは救えない命がこの世の中にはたくさんあることを玲深は学んだ。

（だから私は官吏になろうと決めたのだ。医師ではなく、烈雅様に直接民の窮状を訴え、この国をよくしていただくために……）

そして、将来はいずれ烈雅の片腕として政治に関《かか》わり、この国をよくしたい。

それが、夜伽役として烈雅のそばに仕えてきたこの十年の間に、玲深が新しく抱いた夢だった。

「そのようなことはございません。烈雅様は正統なる王位継承者。烈雅様さえその気になれば、悪しき因習を断ち切り、腐敗した政治を正すためのお力がおありです」

言葉を尽くして、懸命に励ます。

しかし、烈雅は苦笑いをするばかりで、答えない。

烈雅とて今の国の状況が最適であると思っていないはずだ。

しかし、若き王一人の背に負わせるには酷なほどこの国の政治は腐り切っており、膿《うみ》を出し切るためには骨を断つほどの覚悟が必要だろう。

それは例えば、後宮を牛耳る宦官たちの一掃であるとか、汚職にまみれた役人たちの放逐だとか、国をよくするための方策は、玲深の頭の中にいくらでも入っている。

家業の医術を学ぶ傍ら、玲深は官吏となるべく学問に励み、去年難関といわれる科挙に合格した。

そして今年の春からは、夜伽役としての仕事のない昼間は、財務を司《つかさど》る戸部《こぶ》の下級官吏として働いている。

しかし、せっかく培った政治にまつわる知識を烈雅の治世に役立ててもらうことは、かないそうにない。

来月には烈雅の正妃として蔡より皇女が嫁いでくる。

自分はもう烈雅のそばにいる資格はないのだから。

「蔡の皇女様はとても聡明なお方と伺っております。これからはきっと、烈雅様を支えてくださるでしょう」

「女は好かん」

烈雅はそう言って再び寝台に寝転ぶと、玲深の艶《つや》やかな髪を掬《すく》い上げた。

そして目を閉じ、そこに口づける。

烈雅の母親である羌妃は二十年前、相次ぐ他の妃たちの嫌がらせに耐えかね、後宮から逃亡を図った挙句捕らえられ、自室で首を吊った。烈雅がまだ数えで四歳のときだ。

それ以来、烈雅は女性に対して嫌悪感を露《あら》わにするようになっていた。

蔡の皇女との婚姻は生まれながらに定められていたそうだが、婚約の儀で顔合わせして以来一度も会いに行かず、文を送っている姿も見たことがない。

「夫婦といってても形式的なものだ。俺は変わらずお前を閨に呼び続けるぞ」

「お戯れを……」

「冗談なものか。俺はお前さえいればそれでいい」

金銅色の瞳が射抜くように玲深を見つめてくる。

夜伽役の務めは通常、皇子が妃を迎えるまでの数年間のみと定められている。

しかし、烈雅はその通例を覆そうとしているようだ。

玲深が言葉を返せないでいると、烈雅は玲深の顎を摑み、強引に口づけてきた。

烈雅ほどの偉丈夫にこれほど情熱的に乞われて揺るがない女などいないだろう。

だが、烈雅はこの国の王だ。これから結婚し、王妃のものとなる人だ。

いつまでも自分が独り占めしていい相手ではない。

呼吸ごと奪うような激しい口づけを受けながら、玲深は烈雅の背中に腕を回したい衝動を必死に堪《こら》えた。

「烈雅様。今夜でお別れです」

長い口づけを終えると、玲深は口元を拭い、静かに切り出した。

懸命に平静を装うが、声がわずかに震える。

「私は明日より、碧州《へきしゅう》へ参ります」

「どういうことだ?」

烈雅の表情が曇る。思い詰めた表情で深々と頭を下げる玲深に、さすがに異変を感じ取ったようだ。

碧州は蔡との国境に位置する、煌国の外れの小さな邑《むら》だ。

玲深は官吏の人事を司る吏部《りぶ》にかけ合い、あらかじめこの異動願いを聞き入れてもらっていた。

「王妃様が嫁いでいらっしゃるのに、いつまでも私がおそばにいてはお邪魔でしょうから」

建前だけならなんとでも言える。

本当は離れたくない。けれど、それ以上に、王妃の隣に並ぶ烈雅を見たくないのだ。

なんて醜い嫉妬《しっと》だろう。

ここで烈雅のそばを離れては、国の政治をよくするという夢は実現できっと遠回りをすることになるとわかっているのに、自分の気持ちを止められない。

それほどまでに、この道ならぬ恋に狂っている。

烈雅の与えてくれる愛に溺《おぼ》れて、当初の目的を見失うほど、自分はおかしくなってしまった。

「夜伽役の任を降りまして後宮を辞すること、太監様にはすでにご了承いただいております。あとは、烈雅様のご許可さえいただければ」

恐る恐る顔をあげ、烈雅の表情を確かめる。

真っ向から願い出たところで、容易に許可が貰えるとは思っていない。

予想通り、烈雅は薄く唇を開き、怒りに肩を震わせていた。

「許さないぞ、玲深。俺のもとから離れていこうなど」

強い力で手首を摑まれる。

「俺を一人にするつもりか？」

責めるように吐き出された声が、玲深の胸を切なく衝《つ》く。

「烈雅様……」

玲深は時折、一つ年上のこの王が幼い子どものように見えるときがある。

長年一人で王宮に囚《とら》われ続けた、哀《かな》しくも、愛《いと》おしい孤独な王。

いざとなれば、自分には帰る家があるが、烈雅には逃げ場がない。

王として生まれついた宿命を独りで背負い、今後も一生姦計《かんけい》と悪意に満ちた人々の中で、生きていかねばならぬのだ。

「この国の王は俺だ。俺が誰をそばに置こうと、誰にも文句は言わせない」

燃えるような怒りを宿す金銅色の瞳が、月明かりの下でわずかに潤んでいる。

玲深は烈雅の手を振り払うことができず、再び寝台に押し倒された。

第二章

「皇帝陛下、万歳！」
「王妃様、万歳！」

青く澄んだ秋晴れの空の下、群衆の喝采が木霊する。

王宮前の広場を埋め尽くすのは、この日のために集まった民衆たちだ。

烈雅はこの日のために誂《あつら》えた黒繻子《くろしゅす》に金の刺繍《ししゅう》が入った艶やかな着物に身を包み、玉座からほど近い露台に出て手を振っている。

烈雅の隣では、蔡から嫁いできた皇女・紹花《しょうか》が烈雅と腕を組み、愛らしい微笑みを民に向けていた。

少女のようにほっそりとした体を蔡の民族色である深い青の花嫁衣装で包み、高く結った黒髪に螺鈿《らでん》細工の冠を載せている姿は、まるで月神の化身のように美しい。

（やはりお似合いだ。お美しい方とは聞いていたが、まさかこれほどとは……）

柱の陰から二人の姿を遠目に眺め、玲深は胸が締めつけられる思いを味わった。

碧州への異動を烈雅に却下された日からひと月が過ぎ、ついに迎えた烈雅の婚礼式当日――。

前日までしつこく降り続いていた雨が嘘のように今日は朝から晴天に恵まれたが、玲深の気持ちは暗く沈む一方だった。

婚礼式への出席を余儀なくされたからには、烈雅を祝わなくてはいけないと頭ではわかっているのに、心がついていかない。

烈雅の婚礼を控えたこの一ヶ月余り、玲深はまるで生きた心地がしなかった。

日に日に式の準備で慌ただしくなる王宮の片隅で息を潜めるように時を過ごし、紹花が煌国へやってきたと報《しら》せを聞いた日も、重臣たちがこぞって挨拶《あいさつ》に向かう中、玲深は彼女の顔を見に行くことすらできなかった。

……怖かったのだ。

紹花に会うのが怖かったわけではない。烈雅が妃を迎えたという、事実を認めることが怖かったのだ。

（本当なら今日の婚礼式にも参列したくなかった。けれど、何度願い出ても、烈雅様は結局聞き入れてくださらなかった……）

もしかしたら烈雅は、婚礼という一生に一度の晴れの日を玲深にも祝ってほしかったのかもしれない。

しかし、その王命は玲深にとってあまりにも辛いものだった。

明るい日差しの下で烈雅と並び、民から祝福を受ける紹花の姿を見たら、自分が日陰者なのだということを否が応でも実感してしまう。

いくら烈雅が紹花よりも自分を愛していると言って、情熱的に口づけてきたとしても、ひとたび夜が明ければ烈雅は「王」になってしまう。

どれだけ欲しても、烈雅は決して自分の手の届かないところにいる絶対的な君主なのだということを、改めて思い知らされる。

(そのようなこと、初めからわかりきっていたはずなのに、私はなぜこうも欲深くなってしまったのだろう……)

そもそも紹花と自分を天秤《てんびん》にかけること自体がおこがましい。

片や一国の皇女にして生まれながらに烈雅の許嫁《いいなずけ》。

そして片や尻貴族と蔑まれることもある一介の夜伽役。

どちらが烈雅にふさわしいかは、火を見るより明らかだ。

(烈雅様はすでに紹花様のものだ……。もう、私ごときが気安くお声をかけていい存在ではない……)

露台では烈雅が紹花の腰を引き寄せ、民衆の歓声に応《こた》え続けている。

その姿をこれ以上見ていられず、玲深は顔を背けると、柱を背にずるずるとその場に座り込んだ。

しばらくして、民との謁見《えつけん》に応じ終えると、王宮の大広間を使って盛大な宴が始まった。

広間の中央では、王宮付きの楽師が奏でる美しい二胡《にこ》の調べに乗せて、紹花に付き添って蔡からやってきた娘たちが艶《あで》やかに舞っている。

広間の上座には、この日のために南蛮より取り寄せた紅い天鵞絨《てんがじゅう》張りの玉座が用意され、そこに烈雅と紹花が並んで座っている。

宴の開始を告げる乾杯の音頭をとったきり、烈雅はひとときも休むことなく、来賓たちの挨拶を受けているようだ。

玉座へつながる長蛇の列は広間の片側の壁をびっしりと埋め、宴が中盤に差しかかっても一向に短くなる気配を見せない。

その様子を遠目に、玲深は広間に用意された近臣用の末席に座り、朱色の酒杯をちびちびと舐めていた。

酒は得意ではなかったが、飲まずにはやっていられなかった。出された料理は何も喉を通らず、かといって周囲の人々と気安く談笑に興じる気分にもなれない。

先ほどから玲深を遠巻きにして、しきりに噂している声が聞こえるからだ。

『玲深様よ。よくいらしたわね』

『よほど面の皮が厚いのだろう。いくら陛下の寵童といえど、身のほどもわきまえず婚礼の宴に参加するなんて』

この場に招待された貴族たちは皆、玲深が烈雅の夜伽役を務めていることを知っている。

下卑た好奇心に満ちた視線は、烈雅の寵愛を一身に受ける玲深への妬《ねた》みも混ざり、まるで針のむしろに座っているかのような気分にさせられた。

宴はいったいいつまで続くのだろう。できることなら一刻も早くこの場から逃げ去りたい。

うんざりした気分で酒杯を重ねていると、見知った男が玲深に声をかけてきた。

「ここいいかな？」

「清雅《せいが》様」

玲深は慌てて居住まいを正し、自分の隣に座れる場所を空けた。

清雅は烈雅の異母弟で、今年で二十一歳になる第二皇子だ。

母親は豪商の娘で、烈雅の生母より出自が低いため王位継承の対象にならなかったが、商人譲りの気安い性格と聡明さを臣下に慕われ、先王崩御の際には清雅を次の王にと望む声もあったと聞く。

「ありがとう。煌国一の美人の隣に座れるなんて光栄だね」

清雅は玲深の隣に腰を下ろし、にこりと微笑む。

なんと答えていいのかわからず、玲深は曖昧《あいまい》に会釈を返しながら、清雅の杯に酒を注《つ》いだ。

武官のように男らしい体格をした烈雅と違い、清雅は風流な文人のように落ち着いた物腰をしている。

きっちりと後ろに撫でつけた栗色の髪に、日に焼けたことなどないであろう白皙《はくせき》の美貌《びぼう》。

常に優美な笑みをたたえた口元は人当たりのよさを感じさせ、清雅の如才なさを印象づける。

ただ一つ難があるとすれば女好きの性格で、病床の母親を見舞うという口実で男子禁制の後宮に頻繁に出入りしては、女官たちをひっかけて遊んでいるということだ。

「それにしても、兄上も玲深どのをこの酒席に侍らせるとは、意地が悪いね。どうして断らなかったんだい？」

二言三言他愛ない会話を交わしたあと、清雅は大きな羽扇で口元を隠し、おもむろに玲深の耳にその質問を囁いてきた。

きっとそれを尋ねるために、清雅は玲深のもとへやってきたのだろう。

先ほどから玲深にちらちらと向けられる貴族たちの好奇の視線に、清雅も気がついていたようだ。

「……断りました。でも、お聞き入れいただけなくて」

悔しさと惨めさに声が震える。

もしかしたら清雅は自分を哂《わら》いに来たのかもしれない。

心配しているような声音は見せかけで、烈雅への恋情に焦がれる自分を間近で見物するためにやってきた可能性もある。

しかし、清雅がそばにやってきたことで遠慮して、貴族たちが玲深から視線を逸《そ》らしてくれたのはありがたかった。

遠巻きに悪意をぶつけられるより、こうして直接声をかけてもらえたほうがいくらかマシだ。少なくとも自分の口で事情を説明することができる。

「なるほど。兄上らしい。そうやって悋気《りんき》を起こさせて、玲深どのの気を引こうとしているのか」

「清雅様！　私は悋気を起こしてなど」

思わず声を荒らげ、玲深は杯を盆の上に置いた。

自分でも頬《ほお》が紅潮しているのがわかる。酒が回っているせいか気が大きくなっているようだ。

いつもだったら、清雅に絡まれたところで、こんなに至近距離で睨《にら》み返すことはしない。

しかし、清雅はそんな玲深の無礼を咎《とが》める様子もなく、にこにこと笑みを深めるばかりだった。

「そのように潤んだ瞳で言われても逆効果だよ、玲深どの。こんなに愛らしい人を放っておくなんて、兄上は罪な御方だ」

目尻に浮いた涙を指先でそっと拭われる。

清雅の囁く甘ったるい言葉と、自分に向けられるうっとりとした視線が恥ずかしく、玲深は顔を背けた。

清雅は以前から何かにつけて、玲深を女性のように扱うことが多かった。だが、自分は男だ。たしかに烈雅の夜伽役を務めているが、女と同等に扱われるのは男として軽んじられているようで悔しい。

今まで何度か清雅にやめてくれと頼んだことがあったが、そのたびに美しいものは男女問わず愛《め》でるべきだと言われ、まともに取り合ってもらえなかった。

「そうだ、これをあげよう。夏州《かしゅう》で採れた珍しい真紅の瑪瑙《めのう》を嵌《は》め込んだ簪《かんざし》だ。どうかこれで機嫌を直しておくれ」

玲深が黙り込んでいると、清雅はふと思いついたように懐に手を入れ、一本の簪を取り出した。

赤漆《あかうるし》を塗った地金に銀の細工をふんだんに施した、ひと目で見て高級品とわかる逸品だ。

清雅は手慣れた動作で玲深の結い上げた髪に簪を挿すと、満足げに両腕を組んだ。

「思った通り、よく似合うよ。玲深どのはそのままでいても十分美しいが、このような場ではもっと飾り立てなくてはだめだ」

そのまま値踏みするようにしげしげと全身を眺められ、玲深は居心地の悪さに身を縮こまらせた。

清雅は婚礼の場にふさわしく、白地に赤い鳳凰《ほうおう》の刺繍を施した派手な着物を着ている。

それに対して玲深はいつもの浅黄色の官服だ。医術の名門といえど、決して裕福とはいえない家に育ったため、玲深は着るものに無頓着《むとんちゃく》だった。

見かねた烈雅に今まで何度か着物を贈られたことがあったが、どれも目を疑うような高価な代物ばかりで、恐縮した玲深は袖を通すことすらできなかった。

（そのような男の髪に華美な簪を挿したところで、哂い者になるに決まっている。清雅様は似合うとおっしゃってくださったが……）

玲深はたまらず簪を抜き取り、清雅の手に突き返した。

「せっかくですが、お返しします。このようなものはいただけません」

しかし、清雅は困ったように眉を顰めるだけで、簪を受け取ってくれない。

「遠慮することはない。僕が贈りたくて贈ったものだ。せめてこの宴の間だけでもつけていておくれ」

「でも……」

両手を握られ、懇願される。

もしかしたら清雅なりに気落ちしている玲深を気遣ってくれたのかもしれない。

再び強引に髪に簪を挿され、玲深はそれ以上清雅の行動を咎めることができなくなってしまった。

清雅は玲深を美しく飾り立てたことで気をよくしたのか、玲深の腰をさらに引き寄せ、抱き込むような体勢で酌を求めてくる。酔っているにしても、ずいぶん大胆な行動だ。

正直気分が悪かったが、相手は仮にも皇族だ。烈雅の次に身分の高い皇子を、無下にはできない。

仕方なく玲深は無言で清雅に酒を注ぐと、自分の杯にもなみなみと酒を注ぎ、一気にそれを呷《あお》った。

「そんなに飲んで大丈夫かい？」

「いいんです。今日は晴れの日ですから」

列席する来賓や重臣たちは皆、新しい皇帝夫妻の婚礼を祝い、浴びるほどに酒を飲んでいる。

玲深も今日はとことん飲みたい気分だった。半ばやけになっていたのかもしれない。

婚礼の宴に出席することを強制したくせに、烈雅は一向に自分に話しかけに来ない。

来客たちの応対でそれどころでないのはわかるが、それにしても一言ぐらい「よく来た」と労《ねぎら》ってくれてもいいのではないか？

酒のせいで気が大きくなっているせいか、だんだん腹が立ってくる。

清雅の言う通り、これは悋気だ。

自分をまるでこの場にいない者のように扱う烈雅と、ごく自然な振る舞いで烈雅の隣に並ぶ紹花への妬み。

自分の中にこんなどす黒い感情が眠っているなんて知らなかった。

悔しさと、我が身の惨めさに、喉の奥がつんと塩辛くなる。それをごまかすために、玲深はさらに酒杯を重ねた。

耳元では、清雅が相変わらず歯の浮くような甘い台詞《せりふ》を囁いている。

それを適当に聞き流しながら、酒を胃に流し込んでいると、不意にぐらりと視界が傾いだ。

「大丈夫かい？」

「……っ」

あと少しで床に額を打ちつけてしまうところだった。

すんでのところで清雅の腕に抱きかかえられ事なきを得た玲深は、急にずきずきと痛み始めたこめかみを右手で押さえた。

まるで火をつけられたかのように全身が火照り、心臓がいつになく速く脈打っている。

限界の酒量を超え飲みすぎてしまったようだ。

清雅が心配そうに玲深の顔を覗《のぞ》き込んでくる。

「気分が悪いなら、少し横になったほうがいい。僕の部屋まで送ろう。摑まって」

「申し訳ございません……」

差し出された清雅の腕に摑まり、玲深は立ちあがった。込みあげてくる吐き気をこらえ、よろよろと歩き出す。

と、そのとき、広間に雷のような怒号が響いた。

「玲深！」

玉座から烈雅が自分を呼んでいる。

朦朧《もうろう》と霞《かす》む視界で見あげると、かつかつと沓音を立てて烈雅が玲深のもとへやってくるのが見えた。

それまで騒がしかった広間がしんと、水を打ったように静まり返る。

皆、何事かと固唾《かたず》を呑《の》んで王の挙動を見つめているようだ。

「玲深をどこへ連れていくつもりだ、清雅」

烈雅が険しい声音で清雅に問いかける。

「ご心配なさらなくとも、介抱をしているだけですよ。主賓は壇上にお戻りください、兄上」

清雅は臆した様子もなく、飄々《ひょうひょう》と烈雅に応じ、邪魔者を追い払うように壇上を指さす。

その態度が気に食わなかったのか、烈雅は「よこせ」と短く言うと、清雅の手から玲深を奪い取り、両腕で抱きあげた。

「烈雅様……？」

突如として自分の体を包んだ浮遊感に、玲深は顔をあげた。

白く霞む虚《うつ》ろな視界に、顔を真っ赤に染めた烈雅が映り込む。

その表情はお気に入りの玩具《がんぐ》を奪われ、癇癪《かんしゃく》を起こしている子どものように見えた。

（怒っていらっしゃる？　なぜ……？）

自分の置かれた状況が理解できず、玲深が目を瞬《しばたた》かせていると、

「この阿呆《あほう》がっ！」

と毒づき、烈雅は足早に広間の出口へ向かった。

「陛下、どちらへ？」

「宴は終わりだ。俺は奥へ下がる」

重臣の制止も聞かず、烈雅は玲深を抱えたまま広間を出ていく。

「陛下！」

追い縋る声を無視し、烈雅はどんどん廊下を突き進んでいく。

「どこへ行くのですか？」

玲深は烈雅の腕に抱かれたまま、咳き込みながら尋ねた。しかし、

「酔っ払いは黙ってろ！」

と一喝され、行き先を教えてもらえない。

そうこうしているうちに烈雅の寝所にたどり着き、玲深は褥《しとね》の上に投げ飛ばされた。

「お前は男なら誰でもいいのか？　清雅になど色目を使って」

烈雅はずいぶん興奮しているようだった。

艶やかな黒地の婚礼衣装のまま、沓を脱ぐのも忘れ、玲深の体を跨《また》ぐ形で寝台に乗り上げ

てくる。

しかし、玲深はその質問にすぐ返事ができなかった。

荷物のように乱暴に運ばれたせいで、さらに酔いがひどくなり、ぐらぐらと頭が揺れる。

「色目など使っておりません。ただ、お酒が回って」

「普段は俺がいくら勧めても飲まないくせに、清雅の杯なら受けるということか？」

「それは……」

これ以上言い募ってもやぶ蛇《へび》だ。

心配する必要なんてないというのに、人一倍独占欲の強い烈雅は自分と清雅の仲を疑っているようだ。

「飲め」

寝台の傍らに置かれた卓台の上から水差しを取り、銀杯に水を注ぐと、烈雅は乱暴に玲深に突き出してきた。表面に牡丹《ぼたん》の花が彫られた美しい銀の杯だ。

王自らの手で水を用意してもらっただけでも恐れ多いのに、その杯は烈雅の母である羌妃がかつて愛用していたものだ。

廃嫡を望む政敵から何度も毒殺されかけた経験からか、烈雅はこの杯からでないと、飲み物を口にしようとしなかった。

この杯に毒が入った飲み物を注ぐと、銀が変色して知らせてくれるからだ。

「ありがとうございます」

上体をどうにか起こし、ありがたく杯を受け取る。

胃に水を流し込むと、いくらか気持ち悪さが治まった。

烈雅は玲深が水を飲み干すのを見届けたあとも、寝台の上から動こうとしない。重臣に宣言した通り、広間に戻るつもりはないようだ。

しかし、いくら王の意思といえ婚礼の宴を中座して本当に大丈夫なのだろうか。

突然置き去りにされた紹花や、広間に残る人々は今も烈雅の帰りを待っているかもしれない。

玲深は途端に心配になった。

「烈雅様、そろそろ広間にお戻りにならないと。紹花様が……」

「戻らぬ。今夜はここにいる」

迷いなく言い切った烈雅の言葉に驚いて、玲深は目を瞠《みは》った。

婚礼の宴を中座してきたばかりか、烈雅は今夜花嫁のもとへ向かわないと言う。

そうとは知らない紹花は、きっと今夜自室で寝ずに烈雅の訪れを待ちわびるに違いない。

花嫁との大事な初夜をすっぽかしたなんて、そんなことが紹花の口から蔡にまで知れたら、それこそ国際問題だ。

蔡の国王は一人娘の紹花を大層可愛がっていると聞く。烈雅が彼女を蔑《ないがし》ろにしたと知られたら、下手をしたら国同士の戦争になるかもしれない。

「いけません、烈雅様……。今宵は、今宵だけはどうか紹花様のもとへお渡りください」

玲深は必死に言い募った。

烈雅の胸元に縋る指先が震えているのが自分でもわかる。

「俺に抱かれたくないと言うのか？」

しかし、烈雅は玲深の意図を曲解したようだった。

金銅色の瞳が薄闇の中で凶暴に光る。

「そうではございません。私は、ただ……」

玲深の弁明を聞かず、烈雅は玲深の髪に挿さった簪をめざとく見つけると、それを勢いよく抜き取った。

「この簪はなんだ？」

「あっ」

「俺が贈った覚えのない品だな。こんな女物などつけて、やはり清雅の気を引こうとしてたのではないのか？」

「違います！　それは清雅様が勝手に私の髪に」

「清雅が？」

烈雅の声音がさらに低くなる。

「なるほど。さては、清雅が後宮の女官どもに配って歩いている安物の簪か。それを受け取って、お前は嬉々《きき》としていたわけか」

「喜んでなど……」

「嘘をつけ。清雅に肩を抱かれ、小娘のように頰を染めて喜んでおったではないか！」

それは酒のせいだと弁明したくとも、激高した烈雅の耳には入っていないようだった。

「そもそも今日のお前の態度はなんだ。俺に見せつけるように、清雅とばかり喋《しゃべ》って」

どうやら烈雅は来賓たちの挨拶を受けながら、壇上から玲深たちの様子を観察していたらしい。

見せつけるつもりはなかったが、ずっと清雅と話していたことで、烈雅の不興を買ってしまったようだ。

烈雅と清雅の兄弟仲は普段からあまりよくない。けれど玲深の身分では話しかけられたら清雅を無視するわけにはいかない。そのことを烈雅はどうして理解してくれないのか。

「宴の席で誰と話そうと、それは私の勝手でございます。烈雅様だって今日は紹花様やお客人のお相手ばかりしていたではありませんか。ですから私は、婚礼の宴には出席したくありませんと、あれほど申しましたのに」

「口答えをするな！」

パンと頰を叩かれる。ごく軽いものだったが、烈雅に手をあげられたのは初めてで、玲深は思わず目を丸くした。

叩いた烈雅自身も、己の凶行に驚いたような顔をしている。興奮して感情が制御できなかったのか、悔しげに下唇を噛むと、弱々しい声で謝ってきた。

「叩いて悪かった……。だが、お前は俺のものだ。たとえ妃を迎えても、その立場は変わらぬ。お前はいつ何時であろうと俺だけを見て、俺のことだけを考えていろ。ほかの者に色目を使うなど絶対に許さぬ……」

縋るような声音だが、その内容は命令だった。

烈雅はいつもそうだ。王に生まれついた傲慢《ごうまん》さでもって、従えたい相手に命じることしか知らない。

じわりと痛む頬を押さえ、玲深は烈雅を涙目で睨みつけた。

叩かれたことで感情の箍《たが》が外れたのか、堪えていた想いが堰《せき》を切ったように溢《あふ》れてくる。

「お言葉ながら、烈雅様。私は人形ではございません。人としての心がございます。烈雅様のおそばに仕えるのが幸せなときも、辛いときもございます。宴の最中、烈雅様のご婚礼を祝いたい反面、私はとても惨めでございました。広間にいる人々は皆、私が烈雅様のご寵愛をいただいていたことを知っております。男の身で紹花様と張り合うつもりは毛頭ございませんが、私が悲嘆に暮れる顔を眺めて、嘲《あざけ》る声があちこちから聞こえるのです。そのような中、清雅様ただお一人だけが、直接声をかけ、私を慰めてくださいました。そのお優しさに縋って、何が悪いのでございますか?」

　興奮で声が震える。やはり自分はまだ酔っているらしい。烈雅にここまで正面から反論したのは初めてだ。

　それほど、悔しく惨めだった。

　烈雅はいつも自分の気持ちばかり優先で、玲深の気持ちを思いやろうとしない。

　王として生まれついた性質かもしれないが、少しでも自分のことを想っていてくれるなら、婚礼の日の前に碧州へ行くことを許してくれたはずだ。

　わがままで横暴な、孤独な王。

　愛しくも、憎らしい。

「俺よりも清雅がいいと言うのか?」

　烈雅の言葉が怒りに震えている。

　玲深はあえて否定しなかった。べたべたと触られるのは嫌だが、他人の心を気遣う余裕があるだけ清雅のほうがまだマシだ。

「少なくとも、なぜ私が今悲しんでいるのか、清雅様のほうが烈雅様より理解してくださっているはずです」

　寝台の上に横座りになった体勢のまま、唇を噛みしめ、正直な気持ちを告げる。

　婚礼の日を迎えるに当たり、玲深が抱いた複雑な心境を、烈雅はきっと理解することなどないだろう。

烈雅にとっては、王妃を迎えることが当たり前。

そしてそれを玲深が当然のごとく受け入れるのが当たり前なのだから。

「何を言う！　この俺が清雅に劣ると申すのか！」

烈雅が声を荒らげる。

そのまま肩を突き飛ばされ、玲深は寝台の上に仰向《あおむ》けに転がった。

清雅と比べたことでさらに怒りを煽ってしまったのか、烈雅は血走った目で玲深の体に跨がってくる。

「お前は俺のものだ。この肌の感触も、この髪の一本にいたるまで……俺はお前のすべてを知り尽くしている」

烈雅は玲深の着物を破り、性急に素肌をまさぐってくる。

そうしていないと落ち着かない乳飲み子のように、すぐさま胸の飾りに吸いつかれ、玲深は思わず息を詰めた。

そこは長年かけて烈雅に開発された、玲深の弱いところだったからだ。

たしかに烈雅は玲深の体のどこを愛撫すれば、よく反応するかを知っている。

けれど、玲深が抱く気持ちの深淵は、想像したことすらないだろう。

烈雅が欲しているのは、従順な抱き人形としての自分だ。

人間として生身の感情を持つ藍玲深を知ったら、烈雅はきっと失望するに違いない。

「……私は烈雅様のものではありません」

悔し紛れに呟く声が震える。

両手を目の上で交差し、ひどく歪《ゆが》んだ顔が烈雅に見られないようにした。

「たしかに私は長年、烈雅様の閨の相手を務めて参りましたが、それは夜伽役としての任務を果たすべくお仕えしていただけです」

「なんだと……？」

烈雅が玲深の胸から唇を離す。

自分の心を守るため、玲深がついた嘘を烈雅は信じたようだった。

「それなら、お前は仕事であれば、清雅の閨にも侍ると言うのか？」

「それが、ご命令であれば……」

玲深は下唇を噛みしめた。

本当は、烈雅以外の男に抱かれるなど、絶対に嫌だ。

けれど、心に巣食う醜い悋気を知られるよりかはマシだった。

烈雅が愛しているのは、紹花に悋気を抱くことなんて考えもしない、いつも控えめに烈雅に忠誠を誓う、偽りの自分なのだから。

「俺はお前を愛している……っ、お前もそうだったのではなかったのか？」

血を吐くような切羽詰まった声が、玲深の鼓膜を揺らす。

烈雅からしてみれば、裏切られた気持ちだったに違いない。

ここでもし自分も愛していると答えて、烈雅が手に入るなら、何度でもその言葉を口にしただろう。

けれど、烈雅は決して自分だけのものにはならない。

烈雅はこの国の王で、紹花の夫で、そしていずれは紹花やほかの妃との間に世継ぎを設けることが義務づけられている。

たとえ烈雅が生涯、変わらず自分への愛情を持ち続けてくれたとしても、玲深はその隣で笑っていられる自信がなかった。

固く閉じた目から涙が溢れる。

烈雅の顔は絶対に見ないようにした。今、烈雅の顔を見たら、決して告げてはいけない想いが堰を切って溢れ出てしまいそうだったからだ。

「許さぬぞ、玲深。たとえお前が俺を愛していなくとも、清雅になど絶対に渡さぬ……お前は俺だけのものだ」

いつになく暗く掠れた烈雅の声が、寝所に不気味に響き渡る。

しばらく沈黙が落ちたあと、烈雅はおもむろに玲深の体を俯《うつぶ》せにすると、自らの婚礼衣装を脱ぎ、身につけていた帯で玲深の両手首を後ろでひとまとめに縛ってきた。

「な、にを……」

「仕置きだ」

そう言うと、烈雅は玲深の体を抱き起こし、両脚の間に座らせた。

そして、枕元に置かれた香油の壺《つぼ》に手を伸ばし、蓋《ふた》を開ける。途端に甘ったるい香りが玲深の鼻腔《びこう》をくすぐった。

いつでもまぐわいの準備ができるよう、王の寝所には媚薬《びやく》入りの香油が常備されているのだ。

「脚を拡《ひろ》げろ、玲深。お前が誰のものか、躰《からだ》に覚え込ませてやる」

玲深が拒んでいると、苛立った烈雅の手で、強引に両脚を左右に割り広げられた。

かろうじて残っていた下半身の着物も無残に引き裂かれ、露わになった股間《こかん》に烈雅が香油を垂らしてくる。

「あっ……」

うなだれた性器を烈雅の手で摑まれ、強引を上を向かされる。そのため、鈴口を伝い、香油が中に滑り落ちてきた。

媚薬を含んだ粘度の高い液体が、とろりとろりと中を満たしていくにつれ、堪えようのない疼《うず》きが込みあげてくる。

「やっ……何、を……」

烈雅の閨にあがったばかりの頃は、痛みに強張る体の力を抜くため、何度かその香油を使われたことがある。

しかし、ここ数年は媚薬の力を借りずとも、玲深は烈雅と抱き合うことができるようになっていた。それなのになぜ……。

玲深が戸惑いの視線を後ろに向けると、烈雅は褥《しとね》の上に放られていた簪を手に取り、その先端を舌先で濡《ぬ》らした。

「力を抜け、玲深。怪我《けが》をしたくなければな」

冷酷な声で命じ、烈雅はしとどに濡れた玲深の蜜芯《みつしん》を左手で支えてくる。

そして、右手に持った簪の先端をゆっくりと蜜芯の穴に近づけてきた。

「まさか……」

嫌な予感がして、玲深は後ろ手に縛られた不自由な体勢の中、恐る恐る己の下腹部を覗き見た。

包皮からわずかに顔を出す蜜芯の穴に、尖《とが》った簪の先端の頭がぐっと押しつけられている。

そこでようやく烈雅の言う「仕置き」の意味を具体的に理解し、玲深は戦慄《せんりつ》した。

あろうことか、烈雅は尿道へ簪を挿し入れようとしているのだ。

「厭《いや》っ……それは、厭でございます……だめっ」

「動くな。大事な部分を傷つけたいのか？」

脚をばたつかせ抵抗するも、烈雅にしっかりと太腿《ふともも》を押さえつけられ、身動きを封じられてしまう。

その間にも、簪の尖った先端は容赦なく狭い隘路《あいろ》の中に潜り込んでくる。

「ひっ……！　ぅあっ……痛っ」

想像を絶する痛みに玲深は飛びあがった。

いくら香油で濡らされているといえ、そこを強引にこじ開けられる衝撃にはひとたまりもない。

男の急所の一つだ。今まで感じたこともない疼痛《とうつう》に玲深は身悶《みもだ》えた。

「痛むか？　痛くしているのだからな。堪えろ」

「ひどいです、このような……」

がちがちと奥歯が鳴る。

いったい自分が何をしたというのだ。

烈雅とは何度も体を重ねたが、今までこんなふうに乱暴に扱われたことはない。

それほど烈雅を怒らせてしまったのだろうか。

清雅と二人きりで長く喋っていたから？　めずらしく烈雅に反論してしまったから？　たったそれだけで？

「お前が悪いのだ。俺からの贈り物はなかなか受け取ろうとしないくせに、清雅の簪を気安く受け取ったりなどするから」

烈雅が低い声で呟く。玲深の蜜芯に簪が埋め込まれていくのを静かに見つめる横顔は、とても昏《くら》い目をしていた。

「はっ……ぅあ、あ……」

しゃらんと音を立て、簪の頭部についた鈴飾りが玲深の股間で揺れる。

香油の滑りを借りたおかげか、どうやら全部挿入《はい》ったらしい。

冷たい簪によって強制的に芯を通された男根は、まるで勃起《ぼっき》しているかのように重く、じくじくと熱を持って痺《しび》れ始める。

「お許しください……もう二度と、烈雅様以外の方から物を貰ったりはいたしませぬ……だから」

だらしなく開いた口から、ハッハッと獣のような吐息がもれる。

全身に脂汗が浮き、身動き一つまともにとれない。

せめて両手が自由に使えれば。

後ろ手に縛られた不安定な体勢では、少し動くだけで尿道に挿さった簪があらぬところを傷つけてしまいそうで、怖くてたまらなかった。

「だから？」

簪の頭についた鈴を烈雅が指先で弾《はじ》く。

たったそれだけの刺激で、限界まで拡げられた精路につんとした痛みと、恐ろしいほどの熱が駆けあがり、玲深は悲鳴をあげた。

「ぬ、抜いて……、抜いてくださいませっ、これ以上は……あぁっ……」

香油に含まれている媚薬のせいだろうか。

挿さったまま簪を中で半回転されると、今度は痛みとは違う強烈な疼きが押し寄せ、びくびくと体が跳ねる。

中を穿《うが》つ衝撃を少しでもやわらげようと、体が自衛本能を働かせたようだ。

これほどひどくされているのに、玲深の体はどうにか刺激の中に快感を拾おうと躍起に痙《けい》攣《れん》を繰り返す。

「これ以上されたら、どうなるというのだ?」

「あっ……こわれて、こわれてしまいますっ……私の体が」

大きくかぶりを振り、玲深はもう一度「抜いてくれ」と烈雅に頼んだ。

しかし、烈雅は簪を意地悪く小刻みに動かすだけで、決して抜いてはくれない。

「そう言う割には、こんなに蜜を零して。本当は感じているのではないか?」

「感じてなど……っ、いやっ……挿《い》れないでっ、それ以上深くは……あっ……ひっ!」

尖った異物が最奥に刺さり、一瞬、視界が白く点滅する。簪の周囲から、先走りとも尿とも判断の尿路を塞がれたまま、わずかに失禁したようだ。

つかない透明の液体が滲み、玲深の股間を伝う。

「あ……ぁ……」

いい年をして粗相をしてしまったことが信じられず、玲深は唇を震わせた。

烈雅に背を預けたままぐったり脱力していると、休む間もなく頬を叩かれる。

「気をしっかり持て。仕置きはまだ途中だぞ」

「やっ……」

その瞬間、両脚を大きく抱えられ、無防備な後ろの蕾《つぼみ》に硬いものが突き立てられた。

熱く猛《たけ》った烈雅の肉竿《にくざお》が玲深の秘孔を割って、奥へ押し入ってくる。

「ひぁっ！　あ、ぁ……」

串刺《くしざ》しにされる生贄のように、玲深は後ろ手に縛られたまま、烈雅の体の上で白い胸を反らせた。

前と後ろ両方の穴を同時に塞がれる苦しさと甘美な痛みに目の前が点滅し、爪先《つまさき》が痙攣する。

「はっ……ぁ……」

しばらくは呆然《ぼうぜん》として何も考えられなかった。

なんの準備も施していないのに、烈雅を身に受けることができた驚きと、固く閉じた肉門がじわじわと押し開かれていく生々しい感覚に慄《おのの》いて、うまく呼吸が紡げない。

「いつもよりよく締まっているぞ。前の穴をいじられるのは、そんなに善《よ》いのか？」

烈雅が耳元でからかってくる。

「善くなど……っ」

否定したいのに、前に挿さった簪をくるくると回転されると、全身の力が抜けて甘い声がもれてしまう。

「ひっ……っんぁ！　あっ、あ……いやっ……」

「嘘をつけ。簪で栓をしているにもかかわらず、中から次々に蜜が零れてくるぞ。これはなんなのだ？」

鈴口からひっきりなしに蜜を零す玲深の砲身を、烈雅の手が無情に引っ摑んでくる。

「ここと同時に後ろを擦られるとたまらぬのだろう？」

「あっ……あ……」

ぞくぞくと背筋に快感が駆けあがる。

媚薬のせいだろうか。いつもより快感が集まるのが早い。

烈雅の言う通りになってしまう体が悔しく、恥ずかしくてたまらないのに、前と後ろ両方から受ける刺激の波に玲深は苛《さいな》まれ始めていた。

「やっ……だめっ、お許しくださ……烈雅様」

「そのように色っぽい顔でねだられても逆効果だぞ、玲深」

「そんな……っあ、あぁ……」

頬に口づけを落とされると同時に、中を穿つ烈雅の角度が変わり、玲深は身悶えた。

玲深の中の感じる場所を、烈雅は的確に、執拗に責め立ててくる。

「それでよい。もっと啼《な》け。たとえ心は追いつかずとも、お前の躰は俺を求めていると素直に認めるまで、今宵は許さぬからな」

「やっ……あっ、ひぁ……っ、あ……」

腰を掴まれ、がくがくと力強く揺さぶられる。このまま体が突き壊されてしまいそうな恐怖と快感に玲深は噎《むせ》び泣いた。

「後生です、烈雅様。本当に、もう……」

「わかっている。堪え切れぬのだろう?」

烈雅の腰遣いが一際速さを増す。

「だめっ……達《い》く、いやっ、達ってしま……あっあぁ――ッ!」

玲深は目を閉じ、全身を震わせた。

一気に頂上に駆けあがる。しかし、精路を簪に塞がれているため、体の奥から突きあげてきたものは逆流したようだ。

「ひっ……イっ、ぐ……ぅ」

岸辺に打ちあげられた魚のように全身がびくびくと震える。

達きたいのに達けない苦しさに、玲深ははらはらと涙を零した。

「達きたいか？」

無我夢中で頷《うなず》く。

逆流した精液が脳まで犯してしまったかのように、達することしか考えられない。

自分がこんなに淫蕩《いんとう》な性質だったとは知らなかった。

媚薬の効果もあるだろうが、まるで全身が性感帯になってしまったかのように、熱くてたまらない。

「それならば、誓え。お前は誰のものだ？」

顎を摑まれ、目を覗き込まれる。

「……っが様の、わたくしは、烈雅様のものです、っあぁ……イっ……」

「その言葉、忘れるな」

「はっ、はい……あっ、あっ……」

激しく穿たれながら、口づけを受ける。

烈雅のものになると誓ったことで気をよくしたのか、烈雅は玲深の手首を縛《いまし》める帯を解いてくれた。

つながったまま、烈雅と向かい合う形に体を回される。

「しっかり摑まっていろ」

自由になった腕を烈雅の背に導かれ、そこにしがみつくよう指示される。

烈雅も余裕がないようだった。玲深の体を正面から抱きしめ、獣のように低い呻《うめ》き声を出しながら、激しく腰を打ちつけてくる。

「達く……、達くぞ、玲深っ」

簪を引き抜かれる。

「あっ……あぁ……っ――ッ」

最奥を穿たれると同時に、玲深はたまっていた精を解き放った。

「愛している、玲深。妃を娶《めと》ったところで俺は何も変わらぬ。俺が眠るのはお前のそばだけだ」

意識が落ちる寸前、烈雅の囁く声が聞こえたような気がした。

第三章

それから三日三晩、玲深は烈雅の寝所から帰してもらえなかった。

媚薬の効果はとっくに抜けたはずなのに、体がまだ甘く痺れているようだ。

婚礼の日から一週間が経った今日になって、玲深はようやく昼の仕事に復帰できたが、戸部の同僚は腰をさすってばかりの玲深に遠慮してか、なかなか仕事を振ってこない。

そればかりか、玲深がかすかにため息をつくだけで、皆、顔を赤らめ立ちあがり、どこかへ消えてしまうのだ。

暇を持て余した玲深は、仕方なくたまっていた書類の整理を始めた。急ぎの仕事ではないが、とにかく何かをしていなければ落ち着かない。

少しでも気を抜くと、烈雅に囁かれ続けた愛の言葉が耳元に甦《よみがえ》ってくる。

あれだけひどいことをされたのに、烈雅を憎み切れない自分がいることに玲深は戸惑っていた。

烈雅に忠誠を誓わされ、体を暴かれる被虐の悦《よろこ》び。

何度も際限なく訪れる、強烈な絶頂の波。

最後のほうはわけがわからなくなって、烈雅の背に必死にしがみついていた記憶がおぼろげに残っている。

（これから私はいったいどうなるのだろう。以前と変わらず、また烈雅様の閨に呼ばれるのだろうか……）

婚礼の日が来るまでは、正妃を迎えたが最後、烈雅とはもう二度と触れ合えなくなるのだとばかり思っていた。

しかし、烈雅は変わらず自分を抱き続けるつもりのようだし、夜伽役を解任するという正式な沙汰《さた》もまだ降りないままだ。

（烈雅様は紹花様を迎えられた。けれど、烈雅様のあのご様子だと、もしかしたら私も今まで通り、烈雅様のおそばに仕えられるのかもしれない）

玲深は脳裏によぎったその可能性の厚かましさに、一人煩悶した。

烈雅の劣情に翻弄《ほんろう》されたあの夜、自分への執着とも呼べる、烈雅の深い愛情を確認して、昏い喜びに浸ったのも事実だ。

正式に婚姻関係を結んだのだから、烈雅はすでに紹花のものだ。

だが、紹花が許しさえすれば、自分も烈雅の情けを受け続けることができるかもしれない。

と、部屋の入り口に、緑地に不如帰《ほととぎす》の模様の官服を着た一人の宦官がやってきた。

財務を司る戸部の役所に宦官がやってくるのはめずらしい。

後宮と王宮の行き来を許されているのは、役職付きの太監や中丞相《ちゆうじようしよう》だけだから、見知らぬ顔の彼は恐らく後者だろう。後宮で何か急な物入りでもあるのだろうか。

「藍玲深はいるか?」

宦官は部屋の中を見渡すと、慇懃《いんぎん》な態度でそう問いかけてきた。

「はい、私ですが」

玲深は椅子《いす》から立ちあがり、宦官のもとへ向かう。

「王妃様のお召しだ。すぐに支度されよ」

「紹花様が?」

玲深は驚いて目を見開いた。

紹花が自分にいったいなんの用だろう。嫌な予感に胸が騒ぐ。

宦官に事情を聞くと、婚礼の日以来、紹花は体調を崩し、床に臥《ふ》せているそうだ。病の原因は後宮付きの典医が診《み》てもわからなかったらしく、そのため医学の心得がある玲深が急遽呼ばれることになったらしい。

宦官に連れられ、広い王宮の中を移動する。

紹花の部屋は、後宮の一番奥まった場所に位置する、浅黄色の壁をした建物の中にあった。別名、煌彩宮《こうさいきゆう》とも呼ばれる後宮は、王が新たな妃を迎えるたびに、彼女たちの嗜好《しこう》に合った色鮮やかな建物が建造される。

紹花は蔡の民族色である青を基調に、爽《さわ》やかな色調で部屋を彩ったようだ。

部屋の中に足を踏み入れると、外観と同じ青糸で織られた絨毯がまず目に入った。窓際は可憐な百合《ゆり》の花が飾られ、瑞々しい若木を思わせる甘酸っぱい香が控えめに焚《た》かれている。

玲深を部屋に通すと、宦官は扉を閉め、元来た廊下へ戻っていった。

「紹花様」

「ああ、やっと来たのね。玲深。早く診てちょうだい」

侍女を下がらせているのか、部屋には寝台に腰かける夜着姿の紹花一人きりだった。

紹花は婚礼の儀式で見たときよりも痩せたようだった。

もともと細身だったが、いちだんと体の線が儚《はかな》くなったように感じる。肌は青白く、病人の態を示している。

「失礼します」

玲深は紹花の夜着の袖をまくり、まずは脈を取った。

家業といえ、医師としての技術を求められるのは久しぶりで緊張する。

しかも相手は紹花だ。

直接目通りがかなう身分ではないため、紹花が望まない限り言葉を交わすこともないと思っていただけに、突然部屋に招かれたことに玲深は内心とても驚いていた。

「ねぇ、あなたは幼い頃から烈雅様にお仕えしていると聞いたけれど、それは本当？」

黙々と診察を進める玲深を気詰まりに感じたのか、紹花がたおやかな声で問いかけてくる。

病を得ても、顔には薄化粧を施しているようだ。どんなときでも誇りを忘れない、生粋の姫君らしいと玲深は内心感服した。

「はい、本当でございます。縁あって、今から十年前より烈雅様のおそばに仕えさせていただいております」

「まぁ素敵。幼い頃の烈雅様はどのような男の子だったのかしら。きっと利発で賢い皇子様だったのでしょう?」

「ええ」

「詳しく聞かせて。私、烈雅様のことをもっと知りたいの」

紹花と烈雅は、両国の間で交わされた婚約の儀で一度対面したきりと聞く。

実際に嫁いできた身としては、夫がどんな性格をしているのか、詳しく知りたがるのは当然だろう。

「私と初めて会った頃の烈雅様は、母君を早くに亡くされて、お寂しくされていたご様子でした。ですが、私が側仕えにあがってからは、時折笑顔を見せてくださるようになりました。ともに机を並べ、臣下の私にも平等に学問の機会を与えてくださったばかりか、時には川遊びに連れていってくださったりと、楽しい思い出は数え切れません」

「そう。いいわね。あなたはずっと一緒にいられて」

言葉尻がちくりと耳に刺さり、玲深は思わず顔をあげた。声が一瞬だけ冷たく感じたのは聞き違いだったのだろうか。

紹花は相変わらず穏やかに微笑んでいる。

不思議に思いつつ、玲深は粛々《しゆくしゆく》と診察に戻った。

「私は幼い頃からずっとこの国に嫁ぐ日を夢見てきたわ。生まれたときから決められた許嫁なんてと思っていたけれど、八年前の婚約の儀であの人と初めて会ったとき、運命だと思ったの」

玲深の診察を受けながら、紹花は紅を引いた唇からほぅとため息を零す。

それは一国の姫でも、気品ある王妃の顔でもなく、一人の恋する乙女《おとめ》の表情だった。

紹花がそれほど烈雅に対して一途《いちず》に恋をしているとは知らなかった。

てっきりお互い政略結婚の冷めた関係なのだとばかり。

「婚礼の夜は私、絹で織った一番上等な夜着を纏い、お気に入りの香を寝所に焚いて、ひと晩中烈雅様をお待ちしていたわ。けれど、朝になってもあの人は来てくださらなかった」

紹花の声が昏く沈む。

「紹花様……」

なんと声をかけるべきか玲深は迷った。

もしかしたら彼女の体調不良は心因性のものかもしれないと思ったからだ。

あの夜、紹花の部屋に向かうべきだと玲深が何度忠言しても烈雅は聞き入れてくれなかった。

だが、うなだれる紹花を前にしてそんな言い訳はとてもできない。

玲深が烈雅と抱き合っている間、紹花は部屋で一人寂しい思いをしていたのだ。

自分をないがしろにした夫へのやりきれない怒りと絶望に耐えきれず、泣いていたかもしれない。

罪悪感にちくちくと胸が痛む。

「ねぇ、あなたと烈雅様は本当はどのようなご関係なのかしら」

突然核心に斬《き》り込まれ、玲深は思わず返す言葉を失った。

表面上は美しく微笑んでいるが、きっと紹花の心の中には修羅が潜んでいる。

静かな、それでいて激しい怒りが彼女の中に渦巻き、それで診察という名目を使い玲深をわざわざ部屋に呼び寄せたのだろう。

「……夜伽役でしたっけ？　あなたが烈雅様の寵童をしていたのは知っているわ。でもそれは皇子時代までの話。私が嫁いできたからには身を引くべきではなくて？」

紹花の怒りはもっともだ。そしてその主張も。

彼女は祖国を出てこの国に正妃として嫁いできたのだから、もっと丁重に遇されなければいけない。

「婚約をした日から、私はあの方の妻として、煌国の王妃として恥ずかしくないように教育を施され、父上や民の期待に応えるよう努力をしてきたわ。それなのになぜ、ようやく嫁いだ今になって、お前のような卑しい男に烈雅様を奪われなくてはいけないの？」

「痛っ……」

美しく研《みが》がれた長い爪が、玲深の手の甲に食い込んでくる。

「身のほどをわきまえなさい、この雌犬《めすいぬ》。あの方は私の夫よ。誰にも渡さないわ」

額と額がぶつかるほどの至近距離で、穴が開くほど睨まれる。

底が見えない、空洞のような黒い瞳だ。

思わずぞっと背筋が凍った。

紹花は触診をしていた玲深の腕を忌々しげに振り払うと、玲深を寝台に仰向けに押し倒し、その上に乗りあげてきた。

白い腕が蛇のように伸びてきて、両手で玲深の首を絞めてくる。

か弱い女性とは思えないほど強い力に、玲深は狼狽した。

「おやめください、紹花様……私は……」

このままでは殺される。玲深は思わず紹花の手の甲をかきむしった。

紹花はすでに正気を失っている。不眠患者のように目が赤く血走り、黒い瞳の焦点はすでに合っていない。

「あなたが、あなたさえいなくなればいいのよ……。そうしたら、烈雅様は私を見てくださる……」

「……ぐっ」

呼吸ができず、次第に意識が霞んでいく。

部屋を訪ねたときから、嫌みの一つぐらい言われるかもしれないと覚悟していたが、まさか紹花本人から襲われるとは思わなかった。

それほどまでに、自分の存在は彼女の誇りを傷つけたのだ。

烈雅に愛されたいという女の夢を邪魔したばかりか、いずれ王妃となるべく育てられた彼女の存在意義さえも脅かすほど、自分は紹花にとって疎ましい存在なのだ。

それはわかっている。けれど、このまま黙って殺されるわけにはいかない。

どうすれば……どうすればいい。

玲深は周囲に視線を巡らし、縋る気持ちで寝台の端についた房を引いた。

房についた鈴の音が聞こえれば、部屋の外に控えている侍女がやってくるはずだ。

「紹花様！」

すぐに侍女がやってきて、悲鳴交じりに外へ人を呼びに行く。そう、それでいい。あと少し辛抱すれば、助けが来る。

玲深は朦朧とする意識の中、侍女たちの足音が再び近づいてくるのを待った。

「余計なことを……」

紹花が舌打ちをし、玲深の首から手を離す。

どうにか最悪の事態は免れたようだ。

激しく噎せながら、玲深がほっと胸を撫で下ろしたそのとき、頭の上でビリッと突然布の裂ける音が響いた。

玲深は思わず己の目を疑った。

紹花が突然、玲深の体に跨がったまま、自らの夜着を引き裂き始めたからだ。

「誰か！　誰か来て！　この男がいきなり！」

紹花は頭を振って髪を大きく振り乱し、寝台の上に突っ伏す。

そしてまるで玲深に乱暴をされたかのように、乱れた胸元を押さえて大きな声で泣く。

そこにちょうど侍女たちが衛兵を連れて戻ってきた。後宮の警護を任されている衛兵たちだ。

「お前っ、王妃様になんということを……！」

衛兵たちは寝所の惨状を見るなり、顔色を変えた。両腕を衛兵に掴まれ、玲深は瞬く間に取り押さえられる。

「違うっ、私は何も！」

「黙れ！　この不届き者が！」

「すぐに太監様へ報告を」

衛兵の一人が急いで太監のもとへ走っていく。

何度身の潔白を証明しようとしても、乱れた着衣をかき寄せ啜り泣く紹花の前では、玲深の言葉を聞いてくれる者は誰もいなかった。

そして、駆けつけた太監の命により、玲深は不敬罪で囚われることとなった。

*

薄暗い石牢《いしろう》の廊下に響く足音に、玲深はぼんやりと顔をあげた。

見回りの時間にはまだ早い。誰か別の視察が来たのだろうか。

王宮の外れに建つ牢獄に玲深が入れられ、一昼夜が過ぎようとしていた。

かつての大戦の折に、敵国の捕虜を収監するため造られた牢獄は、壁も床もごつごつとした石がむき出しで、座り心地は最悪だった。

頭上の遥《はる》か彼方《かなた》先に鉄柵の嵌め込まれた小さな採光窓があるのみで、天井には明かり一つ灯《とも》されていない。

（私は死ぬのだろうか？　いや、私一人死んで戦が避けられるのならば、それも……）

両手足に嵌められた鉄枷《てつかせ》をぼんやりと眺め、玲深は壁を背に座ったまま膝を抱き寄せた。

紹花の部屋で玲深が捕らえられた翌日、王宮の一室を使って、公開の裁判が開かれた。

婚儀を終えたばかりの王妃を臣下が凌《りょう》辱《じょく》しようとした罪は、前代未聞の事件として扱われ、玲深には極刑が言い渡された。

紹花を溺愛する蔡の国王が激怒しているらしい。下手をすれば自分のせいで戦争になるかもしれない。

刑が執行されるのは、明日か遅くとも明後日《あさって》か……。

鉄枷からつながる鎖は、かろうじて牢獄内を自由に歩けるだけの長さに調節されていたが、迫りくる執行日ばかりが気になって、玲深はろくに眠ることもできなかった。

(私が迂闊《うかつ》だったのだ……。紹花様の思惑にもっと早く気づいていれば、このようなことにはならなかったのだから)

先んじて行われた裁判では、烈雅にもずいぶん迷惑をかけてしまった。

紹花の証言以外、玲深の身の潔白を証明するものは何もなく、極刑へと一気に審議が傾く中、烈雅だけが必死に玲深を庇い続けてくれた。

(私が紹花様を襲うはずがないと、最後まで烈雅様が信じていてくださっただけでも、救われる……)

玲深はそっと目を伏せた。

もしかしたら、玲深が烈雅の寵愛を受けていることを好ましく思っていなかった貴族たちが、裏で手を引いていたのかもしれない。

王が妃を迎えるまでの夜伽役とはいえ、王の寵愛を賜れば後の出世も夢ではない。事実、烈雅の夜伽役を決める際も、ぜひとも我が子弟をと、貴族たちからの申し出が殺到したようだ。

(私は烈雅様の寵愛をかさに着て、不相応な官位を望むつもりなどない。けれど、気づかぬうちにどこかで恨みを買っていたのかもしれない……)

思い返せば返すほど、やるせなさが込みあげてくる。

もし、あのとき紹花の部屋を訪ねなければ――。

夜伽役に選ばれなければ――。

十年前、烈雅に出会うことがなければ――。

今さら考えても仕方ない仮定ばかりが脳裏をよぎり、玲深の心を蝕《むしば》んでいく。

(なんだか、もう疲れた……)

玲深は石床の上にごろりと横になった。

烈雅の婚礼の日から今日にいたるまで、まるで嵐《あらし》のような日々だった。

紹花に嫉妬し、烈雅を怒らせ、ひとときも心の休まる暇がなかった。

これ以上足掻《あが》いても運命を変えられぬなら、せめて最期のときまでゆっくり休みたい。

(私が死ねば、この場はうまく収まるのだ。だから、もう考えても詮無《せんな》きこと……)

膝を抱え丸くなり、玲深は目を閉じた。

このまま罪人として処刑されたら、墓を持つことはおろか、骨すら故郷へ帰ることを許されない。

家族はきっと深く悲しむだろう。せめて咎が家族に及ばなければいいのだが……。

そのとき、檻《おり》の柵を外側から叩く音がした。

「玲深」

小声で名前を呼ばれる。玲深は驚いて目を開け、柵に体を寄せた。

「烈雅様」

信じられない気持ちで柵を摑む。

そこには兵士の姿に身をやつした烈雅の姿があった。

「裁判ではお前を守れなくてすまなかった。俺は弱い王だ」

烈雅の目が赤く腫《は》れている。きっと裁判の結果を覆すため、有識者に知恵を乞うたりと、ろくに眠らず今まで奔走してくれたのだろう。

「愛する者一人、守れなくて何が王だ。俺は自分の力のなさが恨めしい……。俺は王でいること以外、何も価値はないというのにな」

「何をおっしゃいます。烈雅様がこれ以上私の味方をされていたら、それこそ蔡と戦になります。王として正しい判断をされたことを、私は嬉しく思います」

きっと今ここで自分を牢から連れ出してくれと頼んだら、烈雅は願いを聞いてくれるだろう。でも、それでは今度は烈雅が罪に問われてしまう。臣下として今の自分にできることは、烈雅を守ることだ。

「たとえ冤罪《えんざい》であろうと、私は構いません。それで烈雅様の治世を守れるのなら、私は喜んでこの首を差し出します」

冷たい柵を両手で握り、玲深は涙ぐんだ。

烈雅が最後に会いに来てくれた。

極罪人の自分のために、自らの危険を冒してまで。

ここまで想われて、これ以上何を望むだろう。

烈雅と最後に会えたことで、迷いが吹っ切れたような気がした。

この人を守るために死ぬ。それもまた一つの、愛の証かもしれない。

烈雅を愛している。

口にすることすら恐れ多くて、今まで一度も伝えることができなかったけれど、自分が死ぬことで彼の役に立てるのなら。

烈雅の記憶の中で、自分はいつまでも生きていられる。

「すまない、玲深。本当にすまない……」

烈雅の目に涙が滲んでいる。

昔から、傲岸な烈雅が時折見せる弱さがたまらなく愛おしかった。

いつもまっすぐに自分だけを愛してくれる、この不器用な王が好きだった。

自分がいなくなったら、烈雅は泣くだろうか。また不眠に悩まされてしまうだろうか。

それだけが気がかりだ。

「俺は諦《あきら》めないぞ。絶対に命だけは助けてやる。だからどんな結果になっても、俺を信じて待っていてくれ」

鉄柵ごしに手を握られる。

いつも自分の髪を飽きることなく撫でてくれた、温かく、優しい手だ。

「そのお言葉だけで、もう十分です」

玲深はそっと目を伏せた。

烈雅だって、すでに玲深の処刑が避けられないことぐらいわかっているはずだ。

それでも願わずにいられないのだろう。

自分を失いたくない。どんな手を使ってでも救いたいと思ってくれただけでも、玲深は嬉しかった。

「玲深」

名を呼ばれ、顔をあげる。

その次の瞬間には、顎を摑まれ、柵ごしに唇を奪われていた。

溢れ出る思いの丈をぶつけるような、乱暴な口づけだ。

歯列を割り、烈雅の舌が玲深の口に入ってくる。唾液《だえき》を交わし、何度も舌を絡ませる。

このまま時が止まってしまえばいいと、玲深は思った。

こんなに幸福な夜は、もう二度と訪れない。

今このときだけ、烈雅はたしかに玲深のものだった。この国を統《す》べる王でも、誰のものでもなく、玲深一人だけのものだった。

「烈雅様……」

互いの唇の間を透明な糸が伝う。

烈雅は口づけを終えると、未練を断ち切るように厳しい表情に戻り、来たときと同じように足早に去っていった。

もう思い残すことはない。

たとえこのまま罪人として命を落としても、この口づけの記憶さえあれば、自分は誇りを失わずに地獄の門を叩くことができる。

唇に残る甘い感触を噛みしめ、そのまま玲深は牢獄で眠れない一夜を過ごした。

＊

翌朝、帝都は雲一つない快晴に恵まれた。

牢獄を出た玲深は、後ろ手に縛られたまま二人の兵士に連れられ、王宮前の広場へとやってきた。

早朝にもかかわらず、広場にはすでに役人や兵士たちのほかに、民が大勢集まっていた。

玲深の処刑は、どうやらここで行われるらしい。

民は皆、これから処刑に臨む玲深の顔をひと目見ようと、押すな押すなの大騒ぎである。

『知ってるか？　今日の罪人は、嫁いできたばかりの王妃様を手込めにしようとしたらしいぜ』

『へぇ、綺麗な顔をしてるのに、見かけによらず大胆なことをするんだねぇ』

人々の遠慮ない噂話が、ざわざわと玲深の耳に届く。

だが、玲深の心は澄み切った水面のように、不思議と落ち着いていた。

昨夜、烈雅が会いに来てくれたおかげかもしれない。

烈雅はいつもの漆黒の王衣を着て、広場を見下ろせる王宮の露台に用意された玉座に、紹花と並んで腰かけている。

紹花の手前、平静を装っているが、玲深を見つめる烈雅の視線はひどく切なく物悲しい。

烈雅は昨夜、何があっても命だけは助けてやると言っていた。

その言葉を信じたい。

けれど、ここまで来ては、さすがに烈雅ももう処刑を止めることはできないだろう。

玲深は目を伏せ、長槍を持った兵士に急《せ》かされるように、広場の中央へと歩み出た。

そこにはすでに黒い布をかけた膝下ほどの高さの処刑台が用意されており、その傍らには大きな刀を携えた屈強な男が控えている。

その刀で、まもなく自分は首を刎《は》ねられるのだろう。

と、そのとき、玲深の耳に悲痛な叫び声が届いた。

「玲深！　玲深っ！」

「嘘よ信じないわ、まさかあの子が……いやぁぁぁ！」

処刑場を取り囲む竹柵の向こうで、一組の老夫婦が若い男女に肩を支えられ、泣き崩れている。

（父上……母上……みんなも……）

それは十年ぶりに見た、玲深の両親と弟妹の姿だった。

今回の判決を聞き、家族がどれだけ悲しんだかはわからない。

ずっと会えなかった間も、家族は烈雅のもとで働く玲深を誇りに思ってくれていた。

きっと今も、玲深が処刑されるのは何かの間違いだと信じているに違いない。

（申し訳ございません、父上、母上……そして烈雅様。皆様より先に逝《ゆ》きますことを、どうかお許しください……）

処刑台への階段を上りながら、玲深はきつく下唇を噛んだ。

たとえ冤罪であることが家族に伝わらずとも、烈雅や家族の目には、最後まで凛《りん》とした態度で刑に臨む自分の姿を焼きつけておきたい。

処刑台の中央へやってくると、衣服を取り払われた。

下衣一枚つけることすら許されない。罪人らしく、生まれたままのみすぼらしい格好で罰を受けるのだろう。

ついに時が来たのだと、玲深は処刑台に膝をつき、深く頭を垂れた。

黒い服を着た裁判官が判決文を持って、玲深の罪状を読みあげる。

朗々と響くその声が「極刑」の判決へと差しかかったとき、突然、玉座から怒号のような声が響いた。

烈雅の声だ。

「皆の者よく聞け！　今広場に引き出されし罪人は、我が妃、紹花へ対する不敬罪により、このたび処刑されることとなった。だが、死罪はあまりに非情なり。罪人に罪を悔い改めさせる時を与えず、すぐに殺してなんの罰になろうか。そのため、我が治世においては今後一切の死罪を廃止することとする！」

「陛下？」

烈雅の後方に居並ぶ重臣たちが、慌てた様子で椅子から立ちあがる。

烈雅が突然このようなことを言い出すとは聞いていなかったのだろう。

「余は、すべての民を我が家族のように思っている。どんな罪人であろうと、むやみに死を与えるのはあまりにも辛い……。耐えがたい出来事だ」

烈雅は拳《こぶし》を握り、苦しげに胸元を押さえる。

『嘘だろう……信じられん……』

『王様があたしたちのことをそこまで考えてくださっていたなんて……』

民衆は互いに顔を見合わせ、広場に徐々にざわめきが広がっていく。

「どうだ、我が妃よ。たしかにこの罪人はそなたに多大なる無礼を働いた。しかし寛大な国母たるそなたなら、民を大切に思う余の気持ちを理解してくれるはずだ」

烈雅が隣に座る紹花に挑戦的な視線を向ける。

紹花は一瞬悔しそうに眉をひそめたあと、涼しげな表情に戻り、頷いた。

「ええ、もちろんですわ。陛下の御心のままに」

紹花の返事に民衆がわっと沸く。

その機を見計らい、烈雅は大きく両手を広げた。

「皆の者、聞いたな！　この場にいる皆が証人だ。死罪廃止に関して、反論のある者がいれば、遠慮なく申してみよ！」

「陛下！　それでは、この者へ対する罰はどうするのです？　無罪放免にするわけには参りますまい！　蔡へはなんと説明をするおつもりですか？」

重臣の一人が立ちあがり、声を荒らげる。

烈雅の隣では、紹花が玉座に座ったまま、白い顔を屈辱に震わせている。

玲深の命を助けることは、すなわち蔡との開戦もやむを得ないということ。

たとえ死罪を免れても、玲深にはそれ相応の罰を与えなければ、この場は収まらない。

民衆の視線が一斉に王に集まる。

烈雅はしばらく口を閉ざしたあと、苦渋に満ちた表情で、静かに決断を下した。

「よって罪人・藍玲深に、『宮刑《きゆうけい》』を言い渡す――」

*

痛い、痛い、熱い。

股間が灼《や》けるように熱い。熱が出て、眩暈《めまい》がする。

手術室での処置を終えた玲深は両手を後ろ手に縛られ、牢獄の中を芋虫のように這いずり回っていた。

痛みに耐えかねて舌を噛み切らないよう口には猿轡《さるぐつわ》を噛まされ、じくじくと痛む下腹部にはひんやりとした蜜蠟《みつろう》の棒が差し込まれている。

（どうして、どうして、このようなことに……）

いっそ殺されたほうがマシと思えるほどの痛みと苦しみに、玲深は悶絶した。

今から一刻前、玲深の刑は予定通り執行された。

しかし、違っていたのはその内容だった。

今思い出しても身の毛がよだつ。二十三年間の人生において、玲深はあれほど屈辱的で残忍な仕打ちを受けたことがない。

衆人環視の処刑場の中央で、まるで牛馬を去勢するかのごとく、玲深は性器を丸ごと斬り落とされたのだ。

（それほど私を罰したかったのですか、烈雅様？　どうして……）

牢獄の冷たい床の上に、両目から溢れる涙がとめどなく零れていく。

斬首刑から宮刑へと玲深の処遇が変わったのは、烈雅のあのひと言がきっかけだ。

今後一切の死罪を廃止すると、民の前で突然宣言した烈雅の機転のせいで……。

この時代、出世を望み、自らの意志で宦官となる者はめずらしくない。

しかし、罰として宮刑を受けるのは一部の捕虜や極悪人のみ。宮刑は一般的に死刑の次に重い罪とされる。

（私は烈雅様の治世を守るためなら、たとえ冤罪であっても死を受け入れることを覚悟した。それなのに、まさかこのような仕打ちを受けるなんて……）

宮刑を終えたあと、刀匠の手によって後処置を施された下腹部が、喪《うしな》った男根を惜しむようにずきずきと痛む。

猿轡を噛まされていても、堪え切れぬ嗚咽《おえつ》と悲鳴が牢獄に響き渡る。

と、そのとき廊下をこちらへ近づいてくる沓の音が聞こえた。

足音は二人だ。

牢の前で歩みを止めると、中にいる玲深の姿を見て息を呑んだようだった。

「目が覚めたようだな。具合はどうだ？　玲深」

名を呼ばれ、玲深は地面に横たわったまま、視線だけをどうにか牢の外に向けた。

烈雅だ。

処刑場で見た、漆黒の王衣に身を包んだまま、玲深の様子を見に来たようだった。

烈雅を先導していた従者が牢の鍵《かぎ》を開ける。烈雅は玲深の傍らにやってくると、片手で従者を下がらせた。

返事をしたかったが、猿轡を施された玲深の口からもれるのは獣のような呻き声だけだった。

烈雅が痛ましげに眉を寄せる。

「刀匠によれば痛みが続くのは三日ほどで、無事に尿が出ればあとは快方に向かうそうだ。それまではこれを吸ってどうにか痛みを凌げ」

烈雅は右手に持っていた煙管《きせる》に火をつけると、立ち上る煙を玲深に嗅《か》がせた。

噎せ返るような、甘酸っぱい香り。

そのにおいに、玲深は覚えがあった。医術ではすでに手の施しようのない末期患者に使う薬として、父親に指導され、かつて玲深も用いたことがある。

記憶が正しければ、この香りは阿片《あへん》――。

たしかに鎮痛効果はあるが、長く吸っていると精神を冒される危険性がある恐ろしい薬物だ。

（烈雅様はなぜこんなものを……！）

信じられない思いで、玲深は必死にかぶりを振った。

「う……、んふっ……ふー！」

猿轡をきつく噛みしめ、絶対に煙を嗅ぐまいと息を止める。

しかし、それを宥めるように、烈雅は玲深の頭を押さえながら、右手に持った煙管をさらに玲深の鼻先に近づけてきた。

「心配するな。特別に取り寄せた上質の阿片だ。短期間なら吸っても害はない」

阿片を吸うのは嫌だったが、たしかに鎮痛には大きな効果があった。

煙を吸い込むと、頭がぼうっとして、あれほど辛かった痛みが徐々にやわらいでいく。

玲深の口から呻き声がやんだのを確認し、烈雅が猿轡を外してくれた。

「どうして……、どうしてこのような仕打ちを」

どうにか出るようになった声で、玲深はまずそれを問いかけた。

「お前を死なせたくなかったのだ……。許せ」

烈雅はうなだれ、玲深の頭に労《いた》わるように手を置いてくる。

だが、誰が許せるものか。

人をこのような不具の体にしておいて、何を許せというのか。

烈雅が自分を死なせたくなかったという気持ちはわかる。

けれど、ほかに方法はなかったのだろうか。

悲しくて、痛くて、苦しくて、涙がとめどなく溢れてくる。

「殺してください」

声を震わせ、玲深は願いを口にする。

「……それはならぬ」

しかし、烈雅は静かに首を横に振るだけだった。

「なぜですかっ？　牛馬と同じ辱めを受けてもなお、私に生きよとおっしゃるのですか？」

血を吐くような思いで、玲深は目の前にいる男に問いかけた。

烈雅はなぜ、人としての最後の尊厳すら守ってくれないのだろう。

貴族や帝都の民はおろか、愛する家族の目の前で、無残に男根を切断された。

両親はどれだけの衝撃を受けただろう。弟や妹は耐えきれず、顔を背けたかもしれない。あれほど多くの人々の前で、自分は男として最大の辱めを受けたのだ。

この怒りと悲しみをどこにぶつければいいのかわからず、気が狂いそうになる。

「そうだ。俺はどんな姿であれ、お前に生きていてほしい。生きてさえいればそれでいい。その気持ちに変わりはない」

烈雅は簡単に言うが、それは傲慢だ。

家畜同然の扱いを受け、永らえた命になんの価値があるだろう。

子をなすこともできず、誰にも見せられない、排泄《はいせつ》にも困難が生じるみっともない体で、今後一生、おめおめと生きていけと言うのか。

考えただけでぞっとする。

「私はこのように無様な姿で生きていたくなどない……。後生です、烈雅様。私を殺してください。お願いですから……」

玲深はほろほろと涙を零し、訴えた。

烈雅が殺してくれないなら、いっそ自分の手で楽になりたかった。

このまま恥を晒《さら》して生きていても、男でも女でもない生き物にさせられた自分に、人並みの幸せが訪れるとは思えない。

たとえこの先、自分を愛してくれる人がいたとしても、ひと目この不具の体を見たら、気持ち悪いと言って、立ち去っていくに違いない。

烈雅だってきっとそうだ。今はまだ自分への愛情が残っていたとしても、今後この醜い体を見るたび幻滅し、いつか自分のもとから離れていってしまうだろう。

その日が来るのが怖い。烈雅に見捨てられるのが怖い。

ならばいっそ、死んだほうがマシだ。

「それはならぬ。お前の命は俺のものだ。勝手に死ぬのは許さん。もしお前が自殺を図ったら、そのときは藍の一族も道連れだ」

「なんということを……」

あまりの条件に玲深は絶句した。自殺を止めるためとはいえ、玲深の家族の命を人質にとるなんて。今まではこんな非道なことを言う王ではなかった。

烈雅は狂ってしまったのだろうか。

王として逃れられぬ運命が烈雅を狂わせ、自分に対する執着を狂気へと変えたのかもしれない。

「これは王命だ、玲深。今後も一生、俺のそばで宦官として生き続けろ」

なんとひどいことを言うのだろう。

それで烈雅は満足するのだろうか。

死ぬことも、逃げることも許されない。

これから自分は一生、後宮に奴隷として飼われるのだ。

この愛おしくも憎い男のもとで今後も一生……

「恨みます、王……」

烈雅がぴくりと眉を持ち上げる。

玲深が、王、と呼び名を変えたことに敏感に気づいたようだった。

「恨まれても構わない。俺は、お前さえ生きていてくれれば、それでいい」

噛みしめるようにゆっくりと呟き、烈雅は立ちあがった。

阿片をたっぷりと焚いた牢獄をあとにする。

「養生せよ」

枯れ果てたと思っていた涙が一粒、玲深の頬を伝って零れた。

第四章

赤茶けた地面にゆらゆらと陽炎《かげろう》が立ち上る、残暑の厳しい夏の午後。

生成りの旅装の上に黒い外套《がいとう》を羽織った玲深は、竹笠を目深に被り、人ごみでごった返す城下街を足早に歩いていた。

玲深の後ろには、供が二人ついている。護衛という名目の、烈雅がつけた監視だ。

玲深とすれ違うたび、通行人たちが玲深の着ている丈の長い外套を見て、暑苦しそうに眉を顰める。

だが、どれだけ暑かろうと、玲深はこの外套を脱ぐわけにいかなかった。この三年の間に痩せ細り、すっかり歪《いびつ》になってしまった体の線を隠してくれるからだ。

玲深が宦官となって早三年の月日が過ぎた。

宮刑を受けた直後は絶望して毎日死ぬことばかりを願っていたが、家族の命を人質にとられているため、玲深は烈雅の命令に従わざるを得なかった。

男としての性を捨て、宦官として生きること――。

それは玲深にとって、耐えがたい屈辱の連続だった。

宦官は一般的に人ならざる者として扱われ、役人の中で最も位が低く、公の場では発言権を与えられていない。

後宮と王宮と自由に行き来できるのは、太監や中丞相といった役職付きの者だけに限られており、そのほかの宦官たちは後宮から出ることを許されず、王の身の回りの世話や、後宮内での料理や清掃などの雑用をこなし、一生を終える。

長年の夢であった官吏となったばかりなのに、召使同然の仕事しか与えられなくなったことも辛かったが、玲深はそれよりもともに働くほかの宦官たちからさんざん陰口を叩かれ、嫌がらせを受けたりするのが辛かった。

（彼らは私のことを恨んでいるのだろうな……。ずっと自らの出世を願っていただろうに、王が突然、私を太監の地位に据えたから）

玲深は去年、太監——宦官の長としての地位を賜った。後宮で働き始めて二年目の宦官としては破格の待遇である。

そしてその頃から、周囲の宦官たちの玲深への風当たりが一層厳しいものへと変わった。

誰も上官である玲深の命令を聞かず、寝所に針が仕掛けられていたり、食事に動物の糞《ふん》が混ぜられていたりという事件が重なった。

かつて烈雅が、彼らを口さがない老女のようだと評していたことがあったが、玲深はそれを身をもって知ることとなったのだ。

男としての機能を失った宦官たちは、女性のように声が高くなったり、体の線が丸みを帯び出したりする者も多いと聞く。

そして心もまた——嫉妬に狂った後宮の女たちのように、自らの意思では制御できなくなってしまうのかもしれない。

（どれだけ疎ましくとも、今や私も彼らと同じ……いや、それ以上に忌まわしい存在かもしれない）

玲深は竹笠を目深に被り直し、下唇を噛みしめた。

元々中性的だった顔立ちは髭《ひげ》が生えなくなったことでより優しげに、手甲から覗く白い腕も筋肉がつきにくくなったせいでどこか儚い印象を受ける。

そのような玲深の姿は、顔を伏せていても通行人の目を引くのか、賑《にぎ》わう市場を抜け九《きゅう》柳《りゅう》街《がい》と呼ばれる花街に足を踏み入れると、すれ違いざまにあからさまに口笛を吹かれることが多くなった。

「お兄さん、遊んでいかないかい？」

赤い柱が立ち並ぶ廓《くるわ》の店先では、まだ陽が高いにもかかわらず、派手な着物を着た妓女《ぎじょ》たちが盛んに客引きをしてくる。

地方から連れてこられた娘たちばかりのようで、髪の色も目の色も様々だったが、皆一様に分厚い化粧を施している。

「つれないねぇ」

彼女たちの誘いを無視し、玲深が店の前を通り過ぎると、くすくすと笑い声が妓女たちの間に広がった。

昼間から花街にやってくるくせに、誘いに乗ってこない玲深を偏屈な唐変木と思っているらしい。

「そう急ぐ用事もないだろう？　せっかく花街へ来たんだ。遊んでいきなよ」

諦め切れなかったのか、一人の女が後ろから玲深の体に抱きつき、大胆にも股間を撫でてくる。

その次の瞬間、まるで汚いものを触ってしまったかのように、女はぱっと手を離し、顔をしかめた。

「嫌だ。あんた、宦官かい？」

玲深は振り返り、無言で女の顔を一瞥した。

後宮を出て、毎日のように花街巡りをするようになってからというもの、このような反応にも慣れた。

「蘭香《らんか》はどこにいる？」

「蘭香なら、白梅楼《はくばいろう》だけど」

女が口ごもりながら答える。さすがに玲深の目的が女遊びでないことを悟ったようだった。

残暑の厳しい中、玲深が花街へやってきたのは、それが宦官としての仕事だったからだ。

即位して四年が経とうとするのに、烈雅は未《いま》だに世継ぎに恵まれない。

元々女嫌いだったが、玲深の一件があって以来、烈雅と紹花の仲は冷え切り、公の場以外では顔も合わせていない。

そのため、玲深は烈雅のもとに、早急に側女《そばめ》を連れてこなくてはいけなかった。

皇帝に世継ぎを儲《もう》けさせるのは、宦官として果たすべき最重要課題だからだ。

太監に就任して以来、年頃の美女がいると聞けば、玲深はどこへでも向かった。

そして今日は九柳街にいる蘭香という妓女の美貌を聞きつけて、彼女に会いに来たのだ。

玲深は早速、客引きの女に教えられた妓楼へと向かった。女将《おかみ》に話を通し、蘭香のいる部屋まで案内してもらう。

「なんだい、あんた」

突然現れた玲深を見て、鏡台の前に座り化粧をしていた女が怪訝《けげん》そうに眉を寄せる。

彼女が蘭香だろう。やや年がいっているが、着崩した緋襦袢《ひじゅばん》の胸元から覗く豊満な乳房が肉感的な美女だ。

「金が欲しくはないか?」

玲深は返事をするより先に、胸元から取り出した札束を床の上に放った。

品のないやり方だが、花街の女たちと交渉するには最初に金をちらつかせるのが手っ取り早い方法だと、玲深は今までの経験で学んでいた。

「これは手付金だ。私は藍玲深と申す者。そなたに仕事を持ってきた」

「仕事？」

「そうだ。九柳街の妲己《だっき》と誉れ高きそなたに、我が主に仕えてもらいたい」

玲深がそう告げると、女は褒められてまんざらでもない笑みを浮かべた。

「へぇ。どこのお大尽様だい。私のようなとうの立った娼妓《しょうぎ》に、そんな大金積むなんてさ」

「煌彩宮へ」

「煌彩宮？」

女が目を丸くする。

真面目《まじめ》な表情で玲深が頷《うなず》くと、女はぷっと噴き出した。

「冗談言うんじゃないよ。煌彩宮？　それは王様が住んでるところじゃないか」

「冗談ではない。その王のお召しだ」

「……嘘だろう？」

「これを見れば、納得してくれるか？」

玲深は胸元から木簡でできた王の通行証を取り出し、女に見せた。この手形があれば、この国で立ち入れない場所はない。

「後宮で王の寵姫となれば、一生遊んで暮らせるだけの金が手に入る。どうだ、話を受ける気になったか？」

通行証を受け取り、それをまじまじと眺めていた女の顔色がみるみるうちに変わっていく。

「ということは、あんた、アレかい？　ずいぶん綺麗な顔してるけど、下はその……」

女の視線が玲深の下半身に注がれる。

宦官であることに気づいたようだ。

「察しの通りだ。昨年より太監の地位を賜っている」

「ひっ、ひえ！」

女が慌てて椅子から下り、その場に平伏する。

卑しい身分の宦官といえ、後宮の一切を取り仕切る太監ともなればその権力は計り知れず、庶民からすれば雲の上の存在だ。

「かしこまらなくていい。どうだ。この話、受けてくれるか？」

平伏する女を片手で抱き起こし、玲深は再度問いかけた。

「ああ、受ける。受けるともさ。まさかそんな豪気な話だとは思わなかった」

女の目が爛々《らんらん》と光っている。

自分に巡ってきた千載一遇の好機に喜んでいるのだろう。

「ああ、夢みたいだ。アタシが後宮に呼ばれるなんて。任せときな。絶対に王様の寵愛を受けてみせるさ！」

やる気が出たのか、意気揚々と拳《こぶし》を握る女を、玲深は冷ややかな気持ちで見つめた。

後宮に連れ帰ったところで、果たしてこの女は何日保《も》つだろうか。

不安はあったが、何はともあれ、ひとまず今日の目的を果たしたことに安堵《あんど》し、玲深は静かに踵を返した。

*

「どこへ行っていたのだ、玲深」

日が暮れた頃、後宮に戻ってくると、朝議に出ずまた朝から酒を飲んでいたのか、王の寝所は濃い酒のにおいで満ちていた。

寝台の枕元に片膝を立てて座り、昨夜と同じ着物を肩から羽織っている烈雅は、まだ風呂にも入っていないようだ。

長く伸ばした紅い髪は乱れたままで、かつて獰猛《どうもう》な獅子《しし》のように輝いていた金銅色の目は落ち窪《くぼ》み、部屋には荒廃した雰囲気が漂っている。

「娘を連れて参りました」

玲深は床に片膝をついた拱手《きょうしゅ》の姿勢を崩さぬまま、用件のみを淡々と告げた。

玲深の隣には、花街から連れてきた女がやや緊張した面持ちで控えている。

烈雅の好みに合うよう、白粉は控えめに、着物も華美なものは着せず、豊満な体の線がよく見える薄手の夜着一枚に留《とど》めた。

「ふん。お前ら宦官は懲りずに女ばかり連れてきて」

烈雅は飲みかけの酒を一気に呷ると、玲深が連れてきた女に向かって紫色の布袋を投げた。中からごろりと音を立て、狎具《こうぐ》がいくつもまろび出てくる。

玲深はぞっと背筋を凍らせた。すべて以前身に受けたことがある代物だったからだ。

烈雅の機嫌が悪いとき、仕置きと称してこの狎具を使われた。どれも後宮に古くから伝わる、巨大な男根を模した張り形である。

烈雅はその中から透明な水晶でできた張り形を指さすと、酷薄な声で女に命じた。

「おい。娘。それが入れば、寝台にあがることを許してやる」

「こ、これは……」

女がわずかに息を呑む。花街出身の妓女ですら、さすがに見たことがない大きさの代物だったらしい。

演技ではなく、本気で怯んでいる様子が手に取るようにわかる。

「何を怯んでいる。俺の寵姫は、どんな狎具でも悦んで受け入れるぞ」

烈雅は酒杯を片手に持ったまま、女の決意を試すように観察している。

「太監様」

女が助けを求めるように玲深に目配せをしてくる。

しかし、玲深にも女にも選ぶ答えは一つしかない。烈雅の言う通りやるしかないのだ。

玲深が首を横に振ると、女は青ざめた顔をしたまま、よろよろと立ちあがった。

床に置いた狎具の上に跨がり、夜着の裾をたくし上げると、恐る恐る蜜口まで狎具の頭を近づけていく。

しかし、恐怖には勝てなかったようで、突然狂ったように悲鳴をあげたかと思うと、女は部屋から飛び出していってしまった。

「あの娘も外れだったな。これで今宵も俺の夜伽役はいなくなった」

烈雅は部屋の中をゆっくりと見渡すと、最後に玲深で視線を止め、厳かに命じた。

「来い、玲深」

金銅色の瞳が鋭く光る。

玲深は思わず後ずさった。

「いやです……」

「断る権利などない。お前が俺の妾姫《しょうき》としてふさわしい女を連れてこなかったせいだろう。仕事の責任は体で償え」

「王！」

たまらず玲深は叫んだ。

「烈雅と呼べと言っているだろう！」

しかし、すぐにその倍の声量で怒鳴り返されてしまう。

玲深が烈雅を名前で呼ばなくなってからというもの、烈雅は常にそのことに対して苛立っているようだった。

「その他人行儀な口の利き方、不必要にかしこまったその態度。お前はよほど俺を怒らせたいようだな」

自分を睨みつけてくる烈雅の目が恐ろしく、玲深は思わず目を逸らした。

「俺とは目も合わせたくないというのか」

「いえ、そのようなことは決して……」

「ならば顔をあげよ。こちらをまっすぐ見て、俺の名を呼べ」

烈雅が苛立った声で命じる。

だが、玲深はどうしてもその名を呼ぶことができなかった。

以前、彼に抱いていた恋心とは、とうに決別した。

今、目の前にいるのはかつて自分が愛した烈雅ではない。

朝議にも出ず、日がな酒浸りになっている、愚帝に成り下がった男だ。

「そんなに俺が憎いか、玲深」

一向に名を呼ぼうとしない玲深に焦れたのか、烈雅が酒瓶を玲深の足元に投げつけてくる。

ガシャンと音を立てて酒瓶は無残に割れ、みるみるうちに琥珀色《こはくいろ》の液体を床に広げた。

「俺は一生お前しか抱かぬと言っているのに、どうして次から次へと女を連れてくる！　俺を愚弄しているつもりか？　答えよ、玲深！」

かつて玲深と交わした約束を、烈雅は今も律儀に守っているらしい。

だが、そんなもの、自分を宦官にした時点で、すでに破綻《はたん》している。

昔の自分に対して、操立てをしたければ、勝手にすればいい。

今、烈雅の目の前にいるのは、宦官の長・太監として生まれ変わった藍玲深なのだから。

「……王にお世継ぎを儲けていただくこと。それが私の仕事でございますれば」

玲深は硬い声で答えた。

烈雅が生きろと命じたから、今も自分は生きている。

官吏として働けないならば、せめて宦官として与えられた仕事をまっとうするだけだ。

「俺はそのような仕事をさせるためにお前を宦官にしたわけではない。それは、お前もわかっているだろう！」

烈雅が激昂する。

耳をつんざくような切ない声は、烈雅の苦悶する心のうちを表しているようで、とても聞いていられなかった。

烈雅が自分に宮刑を与えたのは、自分の命を助けるためだ。それは痛いほどに理解している。けれど、玲深はどうしても許せなかった。

自分を不具の体に変え、人ならぬ身に落としたくせに、以前と変わらぬ忠誠を求めてくる烈雅が憎らしい。

かつて心から愛していた分、烈雅が自分に与えた仕打ちが憎くて恨めしくて、未だに許容できずにいる。

「こちらへ来い。今ならまだ許してやる」

烈雅が右手で褥の上を叩く。

自らの意思でそこに乗れ、と玲深に命じているのだ。

だが、玲深は床に深く頭を垂れたまま、その場から動かなかった。……動けなかった。褥に自らあがるということは、合意の上で烈雅に抱かれるということだ。

かつて、烈雅と朝まで何度も愛し合った幸せな記憶が残る褥に、この三年の間にすっかり醜くなった体であがりたくなかった。

「よくわかった。どうやってもお前は、素直に俺に抱かれるつもりはないというわけだな」

烈雅の表情が、苦虫を嚙み潰したようなものに変わる。

「玲深をそこに」

烈雅は部屋の隅に控える宦官に命じると、玲深を衣装掛けの前に移動させた。

宦官たちは絹糸で編まれた赤い縄で、玲深の両手足をきつく縛ってくる。

「うっ……」

「失礼します、太監どの」

そう口では断るものの、宦官たちは黙々と作業を進めていく。

烈雅の身の回りの世話を担当する彼らにとって、従うべき相手は太監の玲深よりも烈雅なのだ。

官服を一枚残らず剝《は》ぎ取られ、裸にされると、玲深は心許《こころもと》なさに泣きたい気持ちになった。

「見るな……」

玲深は必死に体をよじった。

しかし、衣装掛けに大の字に拘束された手足はびくとも動かない。

また今日もこの場所で烈雅に犯されるのだと思うと、泣き喚《わめ》きたい気分になる。

最近では、烈雅の好みに合致する娘を連れてこられなかった代償に体を要求されるのは、もはや日課になりつつあった。

「排泄は問題なくできるようになったのだろう?」

玲深の裸身を肴《さかな》に、烈雅は寝台に座ったまま、酒杯を舐めている。

烈雅の言葉に従い、宦官たちの手が玲深の尿道を塞《せ》き止める栓に伸びてくる。

「やめろ！　外すな！」

玲深の必死の抵抗も虚しく、蜜蠟でできた栓はあっけなく外されてしまう。

これがないと栓をするものがないため、尿意はなくとも常に失禁状態になってしまうのだ。

「あ……あ……」

栓を外された途端、股の間にわずかに尿が伝う感覚を覚え、玲深は唇を震わせた。

玲深の栓を外した宦官たちが着物の袖で口元を隠し、くすくすと笑っている。

彼らも下半身に同じものを装着しているだけに、玲深が今感じている屈辱が手にとるようにわかるのだろう。

「どうした、玲深。縛られただけで興奮してもらしたのか?」

烈雅がせせら笑ってくる。

そんなはずないと知っているくせに、烈雅は玲深の羞恥《しゅうち》を煽るかのように、こうしてわざと言葉でいたぶってくるのだ。

「私は、望んでこのような体になったわけではない……」

下唇を噛み、怨嗟《えんさ》の言葉を烈雅にぶつける。

しかし、烈雅はわずかに眉を顰めただけで、悪びれた様子もなく酒を呷った。

「そうだ。俺が命じて変えた体だ。だから、今さら何を見ても動じぬ」

そう言うと、烈雅は床に転がったままの狎具を拾いあげ、玲深の右側に立つ宦官の手元へ放った。

「まずはあの娘が呑めなかった狎具を、お前に呑んでもらおうか」

烈雅の命令に、玲深はごくりと唾を呑んだ。

「嫌です、それは……」

「何が嫌なのだ。先日、これを使ったときは失禁するほど感じていたではないか」

たしかに玲深は以前一度、その狎具を使われたことがある。

だが、女性の手首ほどの太さがあるそれを体に埋め込まれるのは、もはや拷問に近かった。

何度許しを乞うても、気を遣るまで解放してもらえず、最後は腰がすっかり立たなくなるまで責め続けられた記憶が甦る。

「玲深の脚を上げよ」

烈雅が片手を挙げる。忠実な宦官たちは王の命令に従い、玲深の太腿に縄をかけると、天井に吊した滑車に通し、それを力いっぱい引き絞った。

「……っ」

そうすることで否が応でも秘所を衆目に晒すことになり、玲深はたまらず顔を背けた。

寝所の天井から吊された燭台の明かりが、汗ばんで妖《あや》しく照る股間を余すことなく浮かびあがらせる。

「ほう。感心だな。ちゃんと準備を施してきたのか」

「これは……っ」

後庭まで陰毛が綺麗に剃《そ》り落された玲深の秘部を認めると、烈雅は意地の悪い笑みを浮かべた。

決して烈雅に抱かれることを見越して準備してきたわけではない。

尿道に栓をする機能を持たないため、宦官はどうしても体に独特のにおいが染みつく。だから玲深は時間の許す限りこまめに風呂に入り、下の毛を剃るようにしていた。

しかし、そうとは知らない烈雅は上機嫌になったのか、宦官の一人に香油を持ってくるように命じた。

どうやら今日は狎具を呑み込む前に香油を使ってもらえるらしい。

烈雅の機嫌が悪いとそのまま突っ込まれることもあり、体への負担を考えれば、香油を使ってもらえるのはありがたかった。

「どれ、まずは具合を確かめるとするか」

烈雅が酒杯を寝台脇の卓台に置き、椅子から立ちあがる。

片脚を高く吊りあげた玲深のもとまでやってくると、烈雅は宦官の手から香油の入った小壺を受け取った。

「準備の際に、ここは触ったのか?」

「触っておりません……」

烈雅のひんやりとした指が慎ましやかに閉じた肛環《こうかん》の縁をなぞってくる。

玲深が羞恥を堪え首を横に振ると、今度は香油をたっぷりと浸した指先がぬるりと環を破って入ってきた。

「……っく」

「王の手間をかけさせるとは悪い寵姫だ。それほど俺に可愛がってほしかったのか？」

嘲るような口調で烈雅が耳元で囁いてくる。

体の内側を無骨な指で蹂躙《じゅうりん》されているのが悔しくて、玲深はキッと目に力を込め、烈雅を睨んだ。

「……触りたくも、触られたくもありません。そのような、不潔な場所……」

「不潔な場所……か」

その瞬間、中を弄《いじ》る烈雅の指の位置がぐるりと変わった。

「ひっ！　あっ……あぁっ」

全身を雷が通ったかのような衝撃が走り、玲深は片脚を吊られた不安定な格好のまま、痙《けい》攣《れん》した。烈雅が中の感じるところを爪先で引っ掻いてきたのだ。

「ならば、その不潔な場所を弄られて、善がっているお前はそれ以上に不潔な存在だな」

「あっ、あっ……」

男根と玉袋を切り落とされても、中の性感帯だけは健在で、烈雅はここぞとばかりに玲深の弱点を責めてくる。

「いや……」

「その美しい顔をいつまで気高く保っていられるか見物《みもの》だな」

烈雅は指を抜き去ると、今度は狎具を玲深の秘孔に押し当ててきた。

透明な水晶の丸く象《かたど》られた先端部が、烈雅の指によって溶かされた肉壺にじわじわと埋められていく。

「息を吐け、玲深。一気に挿れるぞ」

「ああっ……」

その言葉通り、エラの張った先端部を呑み込むやいなや一気に奥まで異物を押し込められ、玲深は衣装掛けの背に体重を預けるように仰け反った。

「ひっ……う、ぐ……」

いくら香油を垂らされ、指で慣らされたとしても、堪え切れないほど太く硬い水晶の狎具だ。

玲深は経験がある分、どうにか受け入れることができたが、先ほどの女がこれを使われていたら、きっと大惨事となったに違いない。

「中の肉の色まではっきりと見えるぞ。ここは昔と変わりないようだな」

透明の狎具越しに、烈雅が玲深の内部をしげしげと観察してくる。

中の色を褒められたところで嬉しくもなんともない。早く抜いてほしい。このような辱めはもう御免だ。

「も……ご満足でしょう？　抜いてください」

肩で息をしながら、どうにかそれだけを告げる。

玲深の生意気な態度が気に食わなかったのか、烈雅は目に見えて鼻白んだ。

「これだけで俺が満足すると？　本気で言っているのか？」

「うっ……」

「俺の眼鏡《めがね》にかなう女を連れてこられなかった分、お前は俺は満足させる義務がある」

烈雅の理屈は滅茶苦茶《めちゃくちゃ》だ。

気に入る女がいなかったなら、また次の女が連れてこられるまで待てばいいだけの話だ。

宦官の自分が烈雅の相手を務める理由なんてないはずなのに。

「動かさないで……あっ、あぁ……」

中を犯す快感に身悶えつつも、玲深は決して負けまいと下腹に力を込めた。

烈雅の肉刃のように熱もなく、自分を辱めるためだけに用いられている道具であることが、途方もない虚しさを引き起こす。

「どうだ、そろそろ俺が欲しくなったか？」

烈雅は玲深に道具を使うたび、必ずその質問を投げかけてくる。

玲深が肉の悦びに屈するのを待っているのだ。

烈雅が欲しいと、玲深の口からその言葉を引き出すために、烈雅は毎回執拗に責めてくる。

「なりませぬ……っぁ」

本当はもう限界だったが、気力を振り絞り、玲深は涙の滲む瞳できつく烈雅を睨みつけた。

「強情な奴め」

「ひっ……！」

勢いよく猂具を引き抜かれる。

だが、まだ何かが挟まっているみたいだ。下の口がひくひくと震えているのが自分でもわかる。

「俺が欲しいと自ら言うまで許さぬぞ。お前は俺のものだ。俺のものだけを欲しがる、淫《みだ》らな愛妾でいればいいのだ」

「ああっ……！」

再び違う猂具が中に押し入ってくる。今度はイボが無数についた、細長い猂具だ。これで奥の感じるところを擦られると玲深はひとたまりない。

「いやっ……あっ……あ、ひっ……ぅ！」

瞬く間に射精を伴わない絶頂に押しあげられる。

目の前がちかちかと点滅し、縄で吊られた体からがくりと力が抜ける。

その夜、怒りの冷めやらぬ烈雅に凌辱され続け、玲深は幾度となく意識を飛ばすことになった。

第五章

後宮の廊下を壁伝いに歩く。

一歩踏み出すたびに内奥を苛む疼《さいな》きに耐えながら、玲深は懸命に後宮の西の外れにある自室を目指していた。

結局あのあと、玲深が烈雅の閨から解放されたのは朝方になった頃だった。

部屋を出る前、宦官たちの手で軽く体を清められたが、一晩中責められ続けた体はまだあちこちが痛むし、悪酔いをしたかのように足元がふらつく。

しかも、体内には新たな狎具が埋め込まれたままだ。最後まで烈雅を身に受けることを拒み続けた玲深に腹を立てた烈雅が、去り際宦官たちに命じたのだ。

今日一日、狎具を取り零さず耐えることができれば、今宵だけは伽の役目を免除してやると。

(だから、こんなところで倒れるわけには……なんとしても部屋に帰らねば)

体内に挿れられたのは、水晶の小さな球をいくつもつないだ形の狎具だった。

男根を模した巨大なものより圧迫感は少ないが、細心の注意を払って歩いていても、ごつごつとした凹凸が内壁を絶えず刺激してくる。

そのたびに玲深は何度も立ち止まり、廊下の壁にもたれ、快感の波をやり過ごすしかなかった。

(自分が情けない……こんな小さな狎具一つに、こんなにも翻弄されて……)

唇を嚙みしめ、再度よろよろと歩き出す。

普段、烈雅の部屋から自室までは歩いて五分もかからない。けれど、今日はそれがやけに遠く感じる。

しばらく進むと、中庭に面した渡り廊下に出た。

ふと視線を右に向けると、中庭の噴水が陽の光に照らされ、輝いているのが見えた。

先帝の御世に造られた豪奢《ごうしゃ》な噴水だ。噴水の周りには背の低い樹木が均等に植えられ、その間を色とりどりの羽をした小鳥が飛び交っている。

まるで時を忘れるような優美な空間。かつて烈雅と初めて出会った場所だ。

桃源郷を模したともいわれるこの中庭は、先帝が後宮に住まう女たちの心を慰めるために造ったものらしい。

玲深も幼い頃は、この噴水のそばで烈雅とよく遊んでいた。

(あの頃はよかった。まだ何も知らなくて……、烈雅様とともに時を過ごすことになんの疑いも持たず、心から楽しんでいられたのだから)

それに比べ、今の自分の有様はどうだ。

烈雅との関係は歪み、かつて心から愛し合っていたのが嘘のように、今の自分は烈雅に憎悪すら抱いている。

やるせない気持ちで中庭から視線を逸らし、玲深は再び渡り廊下を進んだ。体調はさらに悪くなってきたようで、首筋にじわりと汗が浮く。

「いやだ。家畜のにおいがするわ」

と、そのとき、前方から冷ややかな声が響き、玲深は顔をあげた。

渡り廊下の向こうから、大勢の侍女に囲まれた紹花がこちらへ歩いてくる。

「紹花様……」

玲深はすぐに廊下の隅に膝をつき、道を譲った。低姿勢のまま、頭を垂れる。

「よくものうのうと後宮に出入りができるわね」

紹花は扇で鼻先を隠したまま、まるで汚物を見るかのような表情で玲深を睥睨《へいげい》した。

三年前に玲深を処刑できなかったことを、紹花は未だに根に持っているらしく、玲深が宦官となったあとも、後宮で時折顔を合わせるたびに、露骨な嫌みを言われた。

「また性懲りもなく後宮に女を連れてきたのですって？　お前たち宦官はどれだけ私を侮辱すれば気が済むのかしら」

烈雅にはまだ世継ぎがない。

紹花のもとへは婚礼以来一度も通っていないようだし、玲深が連れてくる女にも誰一人として手をつけようとしないのだから当たり前だ。

やらなくていい仕事ならば、玲深だって本当はやりたくない。

どんな美女を連れてきても、烈雅の機嫌を損ねるばかりで、代わりに手ひどい折檻《せっかん》を受けるのだから。

「卑しい身分の女を連れてくるより先に、烈雅様が私の部屋に来ていただけるよう最善を尽くすのが、お前たちの本来の務めではなくて？　それなのに、お前ときたらまた烈雅様に媚《こび》ばかり売って」

扇の先で顎を持ちあげられる。

玲深が何も答えずにいると、さらに紹花の苛立ちは募ったのか、扇の先でしたたかに頬を打擲《ちようちやく》された。

「恥を知りなさい、この蛆虫《うじむし》が」

そう言うと、紹花は大勢の侍女を伴い、去っていた。

叩かれた頬から血が伝う。それを無感動に官服の袖で拭いながら、玲深は我が身の不幸を嘆いた。

紹花からしてみれば、玲深が今も生きていること自体が気に障るのだろう。

本当は今でも殺したいほど憎んでいるに違いない。それでもあれきり二度と直接手を下されなくなったのは、烈雅が紹花に何かきつく言い含めたからのようだ。

だから、すれ違いざまの嫌みや些細《ささい》な嫌がらせぐらい、堪えなくては。

けれど、それも毎回続くと、精神的にきつかった。

なぜ自分ばかりこんな誹《そし》りを受けなければいけない？

好きで宦官になったわけでも、後宮に入れる女を捜し歩いているわけでもない。

全部、烈雅のせいだ。烈雅が自分の人生を狂わせたからだ。

太監とは名ばかり。城下へ女を探しに行くときも必ず護衛という名の見張りをつけられ、玲深の行動は逐一烈雅に監視されている。

この後宮はまるで牢獄のようだ。

今まで何度逃げ出そうと思ったかわからない。けれど、城下で暮らす家族の命を人質にとられていては、それもかなわなかった。

烈雅が王でいる限り、きっと自分はこのままこの美しくも狭い箱庭の中で飼われ続けるのだろう。

烈雅の気まぐれで体を拓《ひら》かれ、そのたびに屈辱的な行為に耐えなければいけない。

愛があるのならいい。

だが、今の烈雅の自分への執着は常軌を逸している。

このままでは体より先に心が壊れてしまいそうだ。

玲深は吐き気を覚え、その場に屈み込んだ。ひとりでに涙が滲んでくる。

泣きたくなんかないのに、男としての機能を喪ってから、玲深は時折このように感情が制御できなくなることがあった。

いったい自分はどうなってしまったのだろう。

体だけでなく、まるで心まで女にされてしまったかのような恐怖と不安。

烈雅へのやるせない怒り。

様々な感情が入り混じり、玲深は廊下の壁にもたれるように座り込み、啜り泣いた。

「玲深どの。いかがされた？」

そのとき、背後から声をかけられた。

振り返ると、そこに清雅が立っていた。供もつけず、相変わらず後宮にこっそり出入りしているらしい。

「泣いているのか？」

玲深は慌てて顔を背けた。男のくせに女々しく泣いている姿を見られるのは恥ずかしい。

官服の袖で涙の滲む目を乱暴に擦っていると、清雅はその場に屈み、玲深の顔を覗き込んできた。

「いたわしい。また兄上に折檻を受けたのだな？」

清雅は玲深の頬に伝う血を指先で拭うと、痛ましげに愁眉《しゅうび》を寄せた。

玲深がなぜ泣いているのかを敏感に察したらしい。正確に言えば、頬の傷は紹花によるものだが、玲深はそれをあえて説明しようとは思わなかった。

「兄上の執心にはほとほと呆《あき》れる。玲深どのの宝物を奪い、宦官として自分のそばに縛りつけてもなお、安心できぬとはな」

「申し訳ございません」

「なぜ、玲深どのが謝る？」

「情けない姿をお見せして。何事でもございませんので、どうか私のことはお構いなく」

玲深は小声で謝った。

清雅は心配して声をかけてくれたのかもしれないが、今は誰にも構われたくない。

これ以上近寄られたら体の異変に気づかれてしまう。

体の奥に狎具を食《は》んだままの、浅ましい姿を清雅に見られてしまう。

「そうは言っても放っておけないよ。顔が赤い。熱でもあるのではないか？」

「どうか、お構いなく」

「しかし、具合の悪そうな玲深どのを一人にはしておけないよ。ひとまず僕の部屋に行こう。すぐに薬師を呼ぶから」

支えるように肩を抱かれる。たったそれだけの刺激に慄いて、玲深は飛びあがった。

体の奥で疼く狎具のせいでいつもより敏感になっているのか、まるで全身が性感帯になったかのような感覚だ。

「触らないで、ください……」

泣きたい気持ちで、清雅の手を拒む。

清雅が親切心から介抱を申し出てくれていることが余計に心苦しかった。

「どうしたのだ、玲深どの。まさか……」

さすがに清雅も異変に気づいたようだ。「こちらへ」と手を引かれ、近くの小部屋に連れ込まれる。季節違いの寝具が収納されている、布団部屋のようだ。

「失礼」

短く声をかけ、清雅が玲深の官服の裾をたくしあげてくる。

「だめっ……清雅様！」

やめてください、と掠れた声で制止するも、遅かった。

誰にも見られたくない、はしたない下半身が清雅の目の前に晒される。

「これは……驚いた。兄上もひどいことをなされる」

清雅はわずかに息を呑んだようだった。それもそのはずだ。

紅い錦糸で編んだ縄の食い込んだ股ぐら。すっかり短くなった尿道を塞ぐ蜜蠟の栓は外され、とめどなく透明の汁を零している。

そして極めつきが、後孔にずっぽりと咥《くわ》えたままの狎具だった。

「これは、なんだ？　見たことのない道具だ。このようなものが後宮に……」

清雅が興味津々に玲深の股の間を覗き込んでくる。

「見ないで……お願いです、見ないでください、清雅様、ああっ」

玲深の哀願も聞かず、清雅はくいくいと狎具の先端から延びる紐《ひも》を引っ張る。

見知らぬ道具に好奇心が刺激されたのだろう。興奮しているのか、鼻が膨らんでいるような気もする。

「お願いです、清雅様。どうか私のことはお捨て置きください。今見たものは忘れて……」

惨めさに下唇を噛みながら、玲深は内股を震わせた。

性器を切り取られた醜い下半身を烈雅以外の人間の前で晒してしまったばかりか、まじまじと至近距離で検分されている。その事実に精神が耐えられなかった。

「しかし、そうは言ってもこのままでは苦しいのだろう？　僕がすぐに助けてやろう」

清雅が狎具の紐を引っ張る。

何連にもつながった球によって、ずる、と肉壁が引きずられる感触に、玲深は「ひっ」と息を詰めた。

「いけません。勝手に外したのが、烈雅様に知られたら……」

必死に首を横に振る。それは今朝《けさ》、体の奥に呑み込まされた際、決して烈雅の許可なしに外してはならないときつく言い含められていたものだ。

次に烈雅に会うときまで、体内に挿れたままにしておかなければ、どんな罰を受けるかわからない。まず間違いなく今夜の伽は免れらないだろう。

「けれど、このままでは玲深どのが辛いばかりだ」

清雅は心配そうに玲深の目を覗き込んでくる。

「本当はもうやめたいのだろう？　いつまでもこんな兄上の茶番につき合うなんて。もう二度とこのような仕打ちを玲深どのに与えないよう、兄上には僕からきつく言っておこう」

「本当、ですか？」

玲深は目を見開いた。

清雅の優しい言葉が、天の声のように聞こえる。

実の弟である清雅の言うことならば、烈雅も聞き入れてくれるかもしれない。烈雅の蛮行を止めることができる可能性があるのは、この国で二番目に身分の高い、清雅だけだ。

彼らが不仲であることもすっかり忘れ、切羽詰まった玲深の脳は、希望に縋ることを選んだ。

「だから安心して、中に入っているものを僕の手に出してごらん」

手のひらを尻に宛《あ》てがわれ、玲深は思わず息を詰めた。

ただ介抱をするにしては、清雅の手がやけにいやらしく感じたからだ。肌の柔らかさを愉しむように、ゆっくりと尻を撫で回してくる。

「怖がらないで。ゆっくり息むんだ」

けれど、今は中に埋められたものを外に出すのが先題だ。玲深は清雅に促されるまま、下腹に力を込めた。

「はっ、ん……っ、んぁ……ぁ……」

惨めだった。

いつ誰が外を通りかかるともわからない後宮の中庭に面した小部屋で、排泄の真似事をさせられている自分も、清雅に見られていることも。

空気の抜ける音を立てて、つながった狎具の一つ目の球が出てくる。

「頭が見えてきた。もうひと頑張りだ、玲深どの」

「あっ……ンあ、あっ、はっ……」

もう少しだ。そう油断した瞬間、狎具は弛緩《しかん》した体の奥に吸い込まれていってしまった。

「あっ……やだ、なんで……」

声が涙で掠れる。

清雅はそんな玲深を優しく宥めてきた。

「力を抜いてはだめだ。ほら、僕の肩に手を置いて。しっかりもう一度息んで」

「んっ……ぅ……」

つぷりと音を立て、どうにか一つを体内から排出し終えると、全身にびっしょりと汗が浮いていた。

「すごいな。この球はあといくつあるんだい？」

「わかりません。ただ、すごく、たくさん……あって……」

苦しさと押し寄せる快感に翻弄され、玲深は涙を零した。

「よし。あとは任せて。僕が抜いてあげよう」

清雅の言葉に甘え、体を預ける。一気に残りの球が引き抜かれていった。

「ふっ……、ぅ……う……」

その瞬間、玲深はじわりと失禁した。蜜蠟の栓を失った尿道口から、ちょろちょろとたまっていた小水が床に零れていく。

「あ……」

「まさか、これだけで？　達してしまったのかい？」

清雅が目を丸くする。

玲深は羞恥に頰を火照らせた。

清雅の前で淫具を産み落としたばかりか、みっともなく達してしまった。間近で目撃されては、なんの言い訳もできない。

「も、申し訳、ございません……」

とても立っていられず、玲深はその場に座り込んだ。

「ああ、泣かないでおくれ。泣かせるつもりはなかったのだ。ただ少し、兄上が玲深どのに夢中になるのもわかる気がすると思っただけで」

懸命に弁明する清雅に他意はないようだった。

こんなにも優しく、清廉とした人の前で、自分は浅ましくも後孔への刺激だけで達してしまったのだと思うと、狂おしいほどの惨めさが込みあげてくる。

「私は、自分が情けのうございます。このような体になってもなお、はしたなく精をもらそうとする、この忌まわしき体が……私は恐ろしい」

玲深ははだけた官服をかき寄せ、必死に嗚咽を嚙み殺した。

「それは玲深どののせいではない。兄上のせいだろう？　宦官となった玲深どのに執着して、玲深どのの体をこのように造り変えた、兄上の所業だ」

たしかに清雅の言う通りだ。

そうだ。全部、烈雅が悪いのだ。

自分がこのように惨めな思いをしなくてはいけなくなったのも、このようなおかしな体に造り変えられてしまったのも、全部、烈雅が悪い。

清雅は丁寧な手つきで玲深の着衣を元に戻すと、深くため息をついた。

「しかし、ここ最近の兄上の暴虐ぶりには呆れたものだ」

それは玲深も同感だった。

政務をほったらかしにして、日夜後宮で酒浸りになっている烈雅の悪評は国中に知れ渡っているようで、花街を歩いていても烈雅のいい噂をほとんど耳にしない。

民衆の間では、烈雅は色狂いの木偶《でく》の王としてもっぱらの評判だ。ただその相手が女ではなく、宦官の玲深であるという事実が知られていないだけで。

「家臣の中には僕が王位を継ぐことを望む者もいる。僕は出自が低いので諦めていたが、最近では僕もそうしたほうがいいのではないかと考えるようになった」

清雅はそう前置きすると、真剣な表情で玲深に向き直った。

「そこで玲深どのに頼みがある」

「私に？」

「僕は今、王の神器の在《あ》り処《か》を探している。あれがないと、いくら人々に望まれたところで僕は煌国の正式な王として認められないのだ」

「王の神器……」

玲深はその単語を反芻《はんすう》した。

王の神器とは、煌国に古くから伝わる宝剣で、たしか烈雅の即位式でそれらしきものを見たような気がする。

しかし、それが今どこに保管されているのかわからない。

「兄上が今一番心を許しているのは、玲深どのだろう。だから、その在り処を探ってきてほしい」

「神器の在り処を探って、どうするのですか?」

玲深が尋ねると、清雅は一拍間を空けたあと、潜めた声で問いかけてきた。

「……誰にも言わないと誓ってくれるか?」

「ええ」

玲深が頷いたのを確認すると、清雅は注意深く周囲の気配を探った。そして玲深の耳元に口を寄せ、小声で恐るべきことを囁いた。

「謀反を起こす」

玲深は驚いて目を瞠った。清雅はまさか武力で帝位を奪うつもりだろうか。

謀反によって万が一内戦が起きれば、必ずや民に災いが及ぶ。烈雅も無事では済まないだろう。

「まさか、それでは烈雅様は?」

謀反を起こすということは、現皇帝である烈雅を追放、または死に追いやるということだ。

清雅はまさかそこまで企《たくら》んでいるのだろうか?

「心配しなくとも、手荒なことをするつもりはない。兄上には、平和的に譲位していただけるように計画を進めている。神器の在り処を摑んでおきたいのは、万が一兄上に抵抗されたときの保険だ。たとえ譲位がままならなくても、この国では神器さえあれば、正式な王として即位することができるのだからね」

清雅はそこまで話すと、玲深の手をとり、縋るように目を覗き込んできた。

「これは玲深どのにしか頼めない政事だ。困窮する民を救うため、この国をよくするために、ぜひ協力してもらいたい」

「この国をよくするため……」

玲深は呆然とその言葉を繰り返した。

幼い頃からずっと政治に関わりたかった。国をよくしたかった。清雅の話を聞いているうちに、玲深は忘れかけていた初心を思い出した。

烈雅は政治に興味がないようだし、今のままでは国は一向によくならない。自分も後宮に囚われたまま、烈雅に苛まれるだけの日々が続くだろう。

清雅の言葉をどこまで信じていいのかはわからない。

だが、烈雅が王位にいる今よりかは万事において事態が好転するような気がする。

「……私でお役に立てるでしょうか？」

しばらく悩んだあと、玲深はおずおずと申し出た。

前向きな返事を得られたことに満足したのか、清雅は相好を崩し、玲深の肩を抱いてきた。

「もちろんだとも。そうと決まれば、さぁ涙を拭《ふ》いて。これから時間があれば、僕の部屋でもう少し詳しい話をしようではないか」

清雅に導かれるまま、玲深は小部屋を出て、眩《まばゆ》い光の射《さ》す廊下を歩き始めた。

＊

大きな鏡の前に座り、長い髪を櫛《くし》で梳《と》かす。

滅多に手入れをしていないにもかかわらず、たったそれだけで腰まで伸びた黒髪はみちがえるように艶を増した。

湯を浴びたばかりの体はしっとりと温まり、肌にすり込んだ香油のにおいが甘く玲深の鼻腔をくすぐる。

玲深が今羽織っているのは、淡い朱鷺色《ときいろ》の女物の夜着だ。

まるで羽衣のように薄く、肌が透けるその夜着を着ることに最初は抵抗があったが、これも烈雅を誘うためだと清雅に説得され、玲深は渋々袖を通した。

玲深の身支度を整えるため、清雅は侍女を用意してくれたが、それは断った。

夜伽役として烈雅と抱き合っていた頃ならまだしも、今の自分はただの宦官なのだから、不相応な装いは不要だ。

髪を梳かし終えると、玲深は最後に侍女が置いていってくれた紅を手にとった。薬指に紅を掬い、唇に淡く色を引いていく。

これは自分にしかできない戦だ。

昔のように烈雅と素直に抱き合うことで烈雅を油断させ、王の神器を奪うための。

だが、今までの頑《かたく》なな態度を崩し急に媚《こ》びたところで、烈雅は玲深の真意を疑って、すぐには宝剣の在り処を教えてくれないだろう。信頼を取り戻すためには多少の時間がかかりそうだ。

身支度を終えた玲深は、烈雅の寝所へ向かった。まだ宵の早い時刻だったが、烈雅はいつ現れるかわからないため、余裕をもって待ち構えていなければいけない。

烈雅の身の回りの世話をする宦官たちは、玲深が自ら寝所に現れたことに驚いていたようだが、玲深が褥にあがっても咎める様子を見せなかった。

ついに玲深が観念したと考えたのだろう。彼らとしても、毎晩抵抗する玲深を押さえつける手間が省けた分、楽になったと喜んでいるかもしれない。

褥の枕元には、今日も小鈴が丸くなって寝ていた。

人間でいったらとうに百歳を超える老猫だ。白い毛並みは艶を失い、最近では目も見えていないのか、玲深が近づいても誰だかわからないようだった。

小鈴の背を撫でながら、それから半刻ほど待っただろうか。

「どういう風の吹き回しだ？　女を連れてくるのはやめたのか？」

ようやく寝所にやってきた烈雅は、褥の隅に夜着姿で正座している玲深を見て、やや驚いたようだった。

「もう疲れました。あなたを恨むのも憎むのも……」

玲深は小声で答えた。

烈雅が怪しむのも無理はない。先日まであれほど嫌がっていたのに、今日は自ら進んで褥にあがっているのだから。

だが、ここで烈雅に疑われては、計画が台無しになる。

「私の体に興味はありませんか？　このように醜い体ではもう、昔のようにあなたと抱き合うことはかないませんか？」

夜着の帯を自ら解き、胸元を寛《くつろ》げる。恥ずかしかったが、手段は構っていられない。

天井から吊した小さな燭台のみが照らす薄暗がりの中、烈雅の視線が痛いぐらい玲深の裸身に注がれているのがわかる。

「ふん。そのように凍りついた顔をして言われても、本心とは思えんがな」

しかし、これぐらいでは烈雅は容易《たやす》く騙《だま》されてくれない。

もっと烈雅が夢中になるぐらい、露骨に誘わなくてはだめだ。

「こちらに顔を向けろ」

顎をとられ、強引に烈雅と向き合わされる。玲深は唇を嚙みしめ、上目遣いに烈雅を見つめた。

金銅色の瞳が玲深の真意を探ろうと、険しく細められる。

烈雅の許しも得ず、勝手に寝所にあがっていたことでもしや不興を買ったかと怖くなったが、ここで臆してはだめだ。

「誰の指示で来た?」

「誰の指示でもございません。私は……私の意思で参りました」

「俺に抱かれたいと?」

「……はい」

なるべく恥じらっているように見えるように、そっと目を逸らしつつ、玲深は頷いた。嘘ならいくらでもつける。

罪悪感はあったが、気位の高い烈雅を納得させ、自分を抱くよう仕向ける理由がほかに見当たらなかったのだ。

「ならば、その覚悟、見せてもらおう」

烈雅はそう言うと、寝台に膝立ちで乗りあげてきた。

玲深の髪を掴み、己の股間へと導く。

「咥えろ」

短く命じられた言葉の意味を悟り、玲深はごくりと唾を呑んだ。

烈雅は自分に口淫を求めている。今まで何度か施されたことはあっても、玲深は自らの口に烈雅を迎えたことがなかった。

それは、花街にいる妓女の間でも品のない行為とされているからだ。

夜伽役の心得として、幼い頃宦官たちに学ばされかけたが、そのときは無理強いすることはないと、烈雅が笑って許してくれた。

けれど、今日の烈雅は許してくれなどしないだろう。

「何を躊躇《ためら》っている。俺をその気にさせなければ、始まらんぞ」

烈雅の声に苛立ちが混ざり始める。

これ以上、躊躇っていても烈雅の興を失うだけだ。

「は、い……」

失礼します、と声をかけ、玲深は烈雅の下衣を寛げた。

平常時でも圧倒的な質量をもって、紅い叢《くさむら》の上に鎮座している宝物を両手にとり、恐る恐る口に含む。

「咥えたら、舌を使え。隅々まで舐めて、全体を包み込むように、男を悦ばせてみろ」

「んっ……」

命じられるまま、烈雅の砲身に舌を這わす。

そうこうするうちに、舌先にしょっぱいものが滲んできた。烈雅の先走りだ。

生々しい味とにおいに思わず嗚咽が零れる。

「それで本気でやっているつもりか？　下手くそな舌遣いだな」

烈雅が鼻で笑いながら、玲深の髪を撫でてくる。下手くそとなじりつつも、玲深の奉仕を止めようとはしない。

「申し訳ございません」

いったいどうしたら烈雅は気持ちよくなるのだろう。

両手で砲身を捧げ持ち、懸命に裏筋や鈴口を舐めてみるが、烈雅の反応は芳しくない。

思わず、縋る視線が烈雅に向く。

その瞬間、口の中を支配する肉刀がびくりと震え、その大きさを増したのがわかった。

「うっ……ぷ……」

「だが、この眺めはなかなか気に入ったぞ。お前が美しい顔を歪めて俺を懸命に頬張っている姿はたまらぬものがあるな」

烈雅は熱の籠《こ》もった声で言うと、玲深の頭を掴み、上を向かせた。

下手な技巧よりも、屈辱的な行為に必死になっている玲深の表情を見て、烈雅は興奮したようだった。

「そのまま顔をあげていろ。喉の奥も味わわせてもらうぞ」

「んっ……」

烈雅が自ら腰を動かし、喉の奥を突いてくる。

後頭部を烈雅に手で押さえられているので、苦しくても逃げることができない。

込みあげてくる吐き気と、息苦しさに噎せながら、玲深は必死に堪えた。

「……、玲深っ！」

烈雅が短く名を呼ぶと同時に、玲深の口から自身を引き抜く。

その瞬間、ぴしゃりと白い飛沫《しぶき》が舞った。烈雅の出したものが玲深の顔にかかったのだ。

どろりとした感触が頬を伝って落ちる気持ち悪さに、玲深は思わず顔をしかめた。

「そう嫌な顔をするな。お前の顔にかけてみたかったのだ」

烈雅は恥ずかしそうに笑い、今度は達したばかりの自身を玲深の口元に近づけてくる。

「口を開けろ」

先端に精液が付着したままの烈雅を口に含むのは抵抗があったが、命令を拒むわけにはいかない。

仕方なく迎え入れると、鈴口から烈雅の残滓《ざんし》が溢れ出てきて、口の中が苦味でいっぱいになった。

「そのまま飲み干せ。一滴残らずだ」

玲深は我が耳を疑った。

吐き気を堪え、咥えているのがやっとの状態なのに、このまま残滓を飲み干せと？

烈雅は平気で恐ろしいことを命じてくる。

だが、ここで烈雅に逆らっては、信用を得ることができない。

自分は今、烈雅をひたむきに愛する「藍玲深」を演じなくてはいけないのだから。

屈辱に唇を震わせながら、玲深は汚れた砲身に舌を這わせ、それを丁寧に吸い清めた。

「どうだ？　俺の精を飲んだ感想は？」

「お、美味《おい》しゅうございました」

軽く咳き込みながら、玲深は答えた。

いつも酒ばかり飲んでいるせいか、烈雅の精は苦く、とても容易に飲み干せるものではない。けれど、そう答えるほか、玲深に選択肢はなかった。

「それならこれから毎晩飲ませてやる。嬉しいだろう？」

「はい」

目を閉じ、頷く。

これからこの苦行が毎晩続くのかと思うと、憂うつな気持ちになる。

しかし、堪えなければ。ここで烈雅の機嫌を損ねるわけにはいかない。

王の神器の在り処を聞き出すために、烈雅を虜《とりこ》にして油断させなければいけないのだから。

口淫を終えると、烈雅は着物を脱ぎ、寝台の上に仰向けに横たわった。

「上に乗れ」

短く命じられ、玲深は恐る恐る烈雅の膝の上に跨った。

すぐに申し訳程度に纏っていた薄い夜着を引き裂かれ、薄暗がりの中、生まれたままの姿にさせられる。

淡く色づいた乳の環《わ》も、男としての機能を喪った股間も、何もかもを余すことなく烈雅の視線に晒す体勢だ。

烈雅はしばらく玲深の尻の感触を楽しんだあと、遠慮なく双丘の窄《すぼ》まりに指を突き立ててきた。

「あっ……」

思わずぶるりと体が震える。

玲深のそこがなんの抵抗もなく指を受け容れたばかりか、あらかじめ中に塗り込めた香油によって指先が濡れたことに、烈雅は驚いたようだった。

「自分で慣らしてきたのか？」

「……はい」

蚊の鳴くような声で答える。

自らの手で準備を施すのは屈辱的だったが、あらかじめ入り口を拡げておかなければ、烈雅の大きな逸物を呑み込むことができない。

風呂場で丹念に清め、香油を塗り込んだあとは、一刻ほど狎具を挿れたままにして、柔らかくそこをほぐしてきた。

「それほど俺に抱かれたかったのか？　愛《う》い奴め」

だが、この下準備は思いのほか烈雅の歓心を買ったらしい。

いつも不機嫌に寄っている烈雅の眉間《みけん》の皺《しわ》が、わずかにやわらいだような気がした。

「それならば、今宵はたっぷりと可愛がってやらねばならんな」

「あ……」

尻から指が抜かれ、腰を烈雅の分身の上に引き寄せられる。

先ほど出したばかりだと言うのに、烈雅のそこはすでに硬く猛っていた。

この長大な逸物で貫かれ、自分は今まで何度も絶頂を味わわされてきた。

今宵もまた、この世の地獄とも極楽とも判別のつかぬ異世界へと飛ばされてしまうのだろうか。

「そのまま、まっすぐ腰を落とせ」

烈雅の命令に従い、玲深は恐る恐る肉刀の頭部へ秘所を宛てがった。

秘所の縁が烈雅の熱に触れるだけで、中がじんわりと熱くなってくるのがわかる。

心は認めたくなくとも、体は期待しているのだ。烈雅に慣らされた体が、次に与えられる刺激を求めて疼いている。

「はっ……ぁ……、ん……」

腰を落とすと、つぷりと音を立て、烈雅がわずかに中に入ってくる。

しかし、それ以上はなかなか進む勇気が出ない。

やはり、烈雅のものは狎具とは比べものにならないほど大きい。

熱くて、硬くて……これを一気に身に受けたらそれだけで達してしまいそうな恐怖を感じる。

「焦らしているつもりか？　早く挿れろ」

入り口付近で浅く烈雅を咥えたまま、玲深が決意を決めかねていると、烈雅が尻を叩いてきた。

今日は誘惑する側なのだから、閨の主導権を握りたかったけれど、もはやそんなことを考えている余裕はない。

「はい……、参ります」

玲深は覚悟を決め、烈雅の上に腰を落とした。

隘路を裂いて、熱く猛った強直が一気に体の中に入ってくる。

「ああっ……ッう……」

全身に駆けあがるような電流が走り、たまらず玲深は仰け反った。

もし男根が健在ならば、挿れた瞬間、勢いよく噴射していたに違いない。

しかし、それを喪った今となっては、玲深は女の極みに全身を震わすことしかできなかった。

蜜蠟の栓で塞いだ去勢痕から、たらたらとだらしない透明汁が滴ってくる。

「どうした。挿れただけで達ったのか。この淫乱め」

「申し訳……ございません」

肩で息をしながら、玲深は詫びた。

たしかに自分は淫乱なのだろう。普通の男なら、たとえ宦官になったところで、こんなふうに後ろで感じるわけがない。

これもすべて、烈雅の手で造り変えられてしまったからだ。

異形の姿になってもなお、男に跨がりはしたなく快楽をむさぼろうとする魔性の生き物に、自分は変じてしまったのだ。

「あっ……ぅ」

もっと強い刺激が欲しくて、腰が勝手に揺れ始める。

しかし、どう動けばいいのかわからない。

今まで烈雅の上に乗ったことは数えるほどしかないし、そのいずれも途中で泣きを入れてすぐにやめてもらっていた。

「……っ、ぁ……あ……」

見よう見まねで烈雅の腹に手をつき、懸命に腰を持ち上げたり、落としたりを繰り返していると、焦れったく感じたのか、烈雅が玲深の尻を両手で摑んできた。

「そのような動きでは満足できんぞ」

「ああっ……」

両手で烈雅の体の上にしっかりと縫いとめられ、下から激しく突きあげられる。

まるで荒船に乗っているかのような振動に、玲深は狂乱した。

「あっ……あっ、っ……め、でござ、います……、今日は私が」

「お前の動きだけでは物足りん」

「ふっ……うっ、う……っぁ」

目の前に白い閃光《せんこう》が走る。

今日はしっかりと栓をしているにもかかわらず、男根を喪った前から蜜が零れて、ぐっしょりと玲深の太腿を濡らしていた。

「やっ……いく……、あっ、また——」

ひと突き、またひと突きされるたびに、快感が増幅して、全身が痙攣する。

玉のように汗が浮いた白い背を反らし、玲深は二度目の絶頂へと駆けあがった。

「また達ったのか。俺を搾り取って離したくないと言わんばかりに、中が熱くうねっているぞ」

「は……、ん……ぁ……」

派手に達したことを烈雅に揶揄《やゆ》されるが、玲深は応えている余裕がなかった。

唇の端からは飲み切れない涎《よだれ》が次々と垂れるし、達しっぱなしになってしまったかのように、全身の痙攣がやまない。

「も、無理……無理でございます」

「何を言ってる。お前から跨ってきたのだぞ」

「ですが……」

玲深は涙目で首を横に振った。

たしかに自分から誘ったけれど、ここまで乱れてしまうとは思ってもいなかった。

もっと余裕を持って、烈雅を翻弄するつもりだったのに。

これ以上快感を蓄積されたら、体がおかしくなってしまいそうだ。

「男は一度出せば終わりだが、女の光悦は果てがないと聞く。今宵はこのままお前が何度達けるか、試してみようか」

「あっ……」

烈雅の意地悪な言葉に、ぞくぞくと背筋が震える。

こんなことを言われて感じるなんて、自分の体はいったいどうなってしまったのだろう。

性器を切り落とされる前よりも、確実に、格段に淫蕩な性質になっている。

後ろを突かれているだけなのに、こんなにも深く、背徳的な性の悦びに溺れるなんて。

「うっ……、ん……あっ……」

烈雅が律動を再開する。

たまらず目の前の体にしがみつくと、硬く尖った乳首が烈雅の胸に擦れて、じんじんと痛んだ。

それに気づいた烈雅は、好色な笑みを浮かべると、玲深の胸の飾りを右手で引っ張ってきた。

「あうっ……！」

鋭い刺激に全身が震え、烈雅とつながっている箇所が激しく収縮する。

「ここを抓《つね》られて感じるのか？　丸っきり女だな」

「いや……」

蔑むような視線も、烈雅から浴びせられる屈辱的な言葉も、今や玲深の興奮を煽る一要素に過ぎない。

宦官となって一年が過ぎた頃から、そこが前触れもなく硬く尖り、眠るのが苦しいほどの疼きに苛まれることが間々あった。

烈雅の言う通り、たしかに自分は外側だけでなく体の内側から女に造り変えられてしまったのだろう。

そして今も、もっと強い刺激を求めて、体が疼いている。

「どこを抓ってほしいんだ。ちゃんと言ってみろ」

「私の、乳の環を、抓ってくださいませ……もっと……」

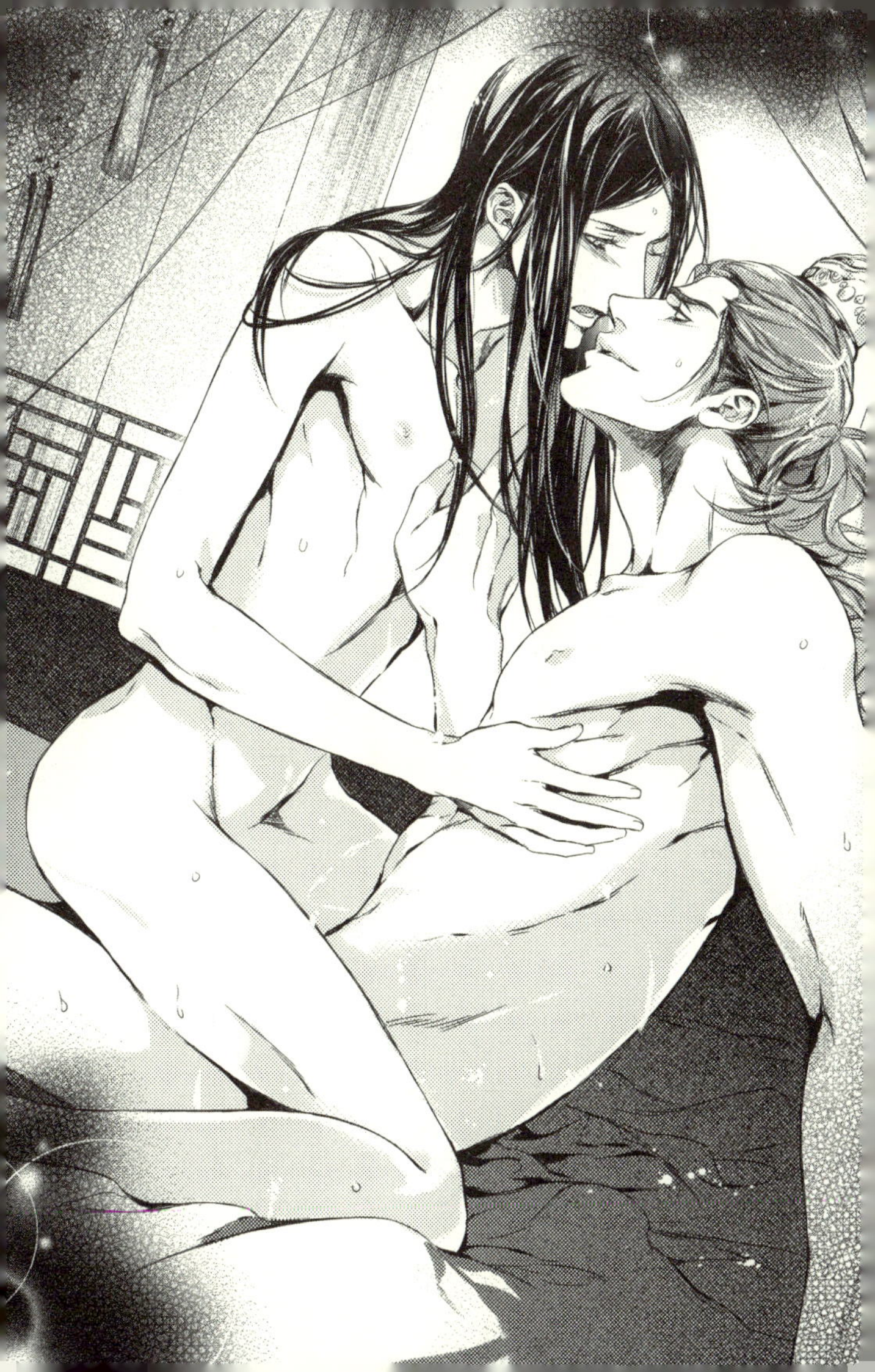

「もっと強くか？」

「は、い……あっ、ひっ！」

今度は両手で捻《ひね》り潰すように、凝った粒芯《りゅうしん》を抓まれる。

痛いのに気持ちよくて、もっとひどくしてほしい、もっと強くそこを捻ってほしいという思いに駆られ、自分でも収拾がつかなくなる。

「美しいぞ、玲深。そのまま、だらしなく達ってみせろ」

玲深の痴態を見て興奮したのか、烈雅の声も低く掠れている。

がつがつと激しく穿たれながら、玲深はまたもや襲い来る絶頂の波に悲鳴をあげた。

「あっ……アっ、いく……また、達きま……あぁっ——ッ」

目の前が白く弾ける。烈雅もまた玲深の中で達したようだ。

びくびくと収縮する肉壁に、熱い奔流が叩きつけられる。

「愛しているぞ、玲深。お前とまたこのように抱き合うことができるなんて、夢のようだ……」

烈雅が耳元で何かを言っている。

しかし、それを最後まで聞き取ることができず、玲深はふっと糸が切れるように意識を飛ばしてしまった。

第六章

翌朝、ぱたぱたと忙しなく布団をはねあげる音で、玲深は目を覚ました。

隣で眠っていたはずの烈雅が体を起こし、落ち着かない様子できょろきょろと辺りを見渡し、何かを探している。

「何をされているのです？」

不思議に思って、玲深は寝ぼけ眼《まなこ》を擦りながら問いかけた。

昨夜、夜更け過ぎまで続いた情事のせいですっかり喉が枯れている。

烈雅は振り返ると、心細い声で玲深に告げた。

「小鈴がどこにもいないのだ」

「小鈴が？」

思わぬ返事に玲深は目を見開いた。

そういえば、昨夜は枕元で丸くなっていたはずの小鈴の姿がどこにも見えない。

「猫は己の死期を悟ると、人知れず姿を消すと聞く。まさか小鈴も……」

そう呟くと、烈雅はおもむろに立ちあがり、紫色の帳を乱暴に払った。

「どちらへ行かれるのです？」

「小鈴を捜しに行く」

「お待ちください。外へ出るなら、せめてお召し物を整えられてから……」

しかし、玲深の制止も聞かず、烈雅は寝巻姿のまま寝所から出ていってしまう。

玲深は慌てて烈雅の羽織を抱えて、烈雅のあとを追った。

初秋とはいえ、朝方は冷える季節だ。薄い夜着一枚で外へ出ては、いくら頑丈な烈雅でも風邪を引いてしまうかもしれない。

しばらく廊下を進むと、烈雅は中庭で足を止めた。昨夜雨が降ったのか、ぬかるんだ地面に躊躇いなく裸足《はだし》で下り、噴水の脇を突っ切って奥へ進んでいく。

そして、烈雅は腰の高さほどの薔薇の生け垣の前で屈むと、険しい表情で奥へ手を伸ばした。そこで玲深もようやく烈雅に追いついた。

「……遅かったのですね」

「ああ……」

烈雅ががっくりと肩を落とす。

小鈴は、烈雅の手の下で小さく丸まり、すでに動かなくなっていた。

薔薇の生け垣の中には毛布が持ち込まれ、小鈴の昼寝用の場所となっていたようだ。

「どうして小鈴がここにいるとわかったのですか？」

「ここがお前と初めて出会った場所だったからだ」

烈雅は当然のように答えた。

「お前は小鈴をずいぶん可愛がっていただろう。お前が宦官となり、俺のそばから離れるようになってからも、小鈴はお前の帰りを待ちわびるように、毎日ここで昼寝をしていた」

その言葉は、思わぬ強さで玲深の罪悪感を揺さぶった。

小鈴が、いつもこの場所で自分を待っていたなんて知らなかった。

烈雅が小鈴の小さな体を抱き上げる。別れを惜しむように何度が頬ずりをしたあと、烈雅は小鈴が寝ていた毛布を拾い、ゆっくりと亡骸《なきがら》を包んだ。

と、小鈴が寝ていた毛布の下から、紫色の布に包まれた一振りの剣が出てきたことに玲深は気がついた。

「この剣はもしや……」

「ああ。王の神器だ。小鈴にいつも守ってもらっていた」

玲深は思わず息を呑んだ。

道理で、後宮の中を捜してもどこにも見つからないわけだ。

小鈴が昼寝をする中庭の生け垣の奥に、王の神器が無造作に置かれているなんて、誰が想像しただろう。

「どうして神器を小鈴に預けようと?」

「後宮では、俺は小鈴しか信じられる者がいなかったから」

烈雅がぽつりと呟く。

「小鈴は元は母上が飼っていた猫だったのだ。母上が亡くなってからも、小鈴はずっと俺のそばにいてくれた。お前が俺を憎み、俺のもとから離れていっても、小鈴だけはずっと俺のそばに……」

そこまで言うと、烈雅は大きく肩を震わせた。泣いているのだろう。

それほどまでに烈雅は小鈴を愛していたのだ。それこそ自分の半身のように、目に入れても痛くないほど可愛がっていた。

「すまない。みっともないところを見せたな」

「いえ」

玲深は手に持っていた羽織を烈雅の肩に着せかけた。

烈雅がまるで小さな子どものように見える。父王から疎まれる寂しさを、小鈴と一緒にいることで必死に耐えていたあの頃と同じ……。

しばらく躊躇ったあと、玲深は後ろから烈雅の体をそっと抱きしめた。

「……私がおります」

その言葉が芝居なのか本心なのか、玲深はわからなくなっていた。

ただ、ただ、烈雅が哀れで、痛々しかった。

これほど多くの人に傅《かしず》かれているのに、老いた飼い猫にしか心を許すことのできなかった、独りぼっちの王。

烈雅は昔から何も変わっていない。変わってしまったのは、自分のほうだったのだ。

烈雅から受けた仕打ちを忘れることはできない。

けれど、許すことはできるのではないだろうか。

昨夜、抱き合っている最中に、烈雅は何度も自分を愛していると言ってくれた。

あれがただの閨での睦言《むつごと》だったのか、本心だったのかはわからない。

ただ、玲深に宮刑を与えたことで、烈雅も今まで十分、苦悩したはずだ。

玲深から憎まれることに耐えきれず、毎日酒に溺れ、政務を放り出してしまうほどに。

小鈴がいなくなった今、そんな烈雅を誰が支えるのだろう。いつまでも頑なに拒み続けているより、もし自分が少しでも烈雅に歩み寄ることができたなら……。

「これからは、小鈴の代わりに私が王のそばにお仕えします」

玲深は、烈雅を抱きしめる腕にぎゅっと力を込めた。その言葉を烈雅が今一番欲していると思ったからだ。

「誠か？」

烈雅が後ろを振り返り、鼻を啜る。

「俺のことを許してくれるのか？　お前を不具の体にしてしまった、この俺を……」

縋るように見つめられ、玲深は長い睫毛《まつげ》を伏せた。

「もう、よいのです……。あなたのことを憎むのも恨むのも疲れたと、昨夜申しあげました。その気持ちに偽りはございません」

昨夜、烈雅の寝所を訪ねたときに告げた言葉は、王の神器の在り処を聞き出すための、ただの口実に過ぎなかった。けれど、今改めて同じ言葉を口にしたとき、玲深は自分が疲れていたことに気がついた。

人を憎み続けるのは気力がいる。だから自分は悪いことと知りつつ、清雅の誘いに乗ってしまったのだろう。烈雅を憎むばかりの、この不毛な状況から一歩でも抜け出すために。

「玲深」

烈雅が恐る恐る腕を伸ばしてくる。

両手で頬の感触を確かめるように、何度もそこを擦られた。

「お前が戻ってきてくれるなら、俺は嬉しい。また以前のように、俺とともに寝てくれるのか？」

「はい」

玲深は頷いた。

烈雅の目の下の隈は以前よりもだいぶひどくなっている。

これでは昼間起きていることも辛いだろう。

自分が添い寝をすることで、烈雅が安眠を得られ、ひいては国のためになるのなら、このまま烈雅を愛する演技を続けてもいいかもしれない。

「ただし、約束してくださいませ。今後はお酒は控えて、私と抱き合っても、王の役目は忘れず、朝議には必ず出ると」

「ああ、わかった。お前の言う通りにする」

烈雅が両腕で玲深の体を抱きしめ返してくる。

「ありがとう、玲深……」

ほっとしたため息とともに呟かれた烈雅の言葉に、玲深の心はずきりと痛んだ。

＊

「清雅様、少しお話が」

それから一ヶ月が過ぎたある日、太監の仕事で表へ出ていた玲深は、帰りがけに清雅の部屋を訪ねた。烈雅と昔のように抱き合うようになってからというもの、玲深につけられた監視の目がゆるみ、玲深は王宮内をだいぶ自由に歩けるようになっていた。

「首尾はどうだね。王の神器は見つかったかい？」

「はい……」

突然の訪問にもかかわらず、清雅は快く玲深を部屋に招き入れてくれた。

先日、王の宝剣を中庭の薔薇の生け垣で見つけたことを告げると、清雅は驚いたようだった。

「なるほど。そんな場所にあったとはね」

「そのことで一つご相談が」

玲深は清雅の顔色を見ながら、慎重に切り出した。

順を追って、これまでの経緯を説明していく。

計画通り、自ら寝所に侍り、烈雅と数年ぶりに和合したこと。

そのあと、烈雅の機嫌がみちがえるほどによくなったこと。

玲深との約束通り、烈雅は酒もぴたりとやめ、ここ数週間ほどは執務にも真面目に取り組んでいるようだ。

いったいなんの前触れかと、大臣たちはしばらく天災が起きることを恐れていたようだが、烈雅がやる気を取り戻したことを疎む様子はなかった。

むしろ、烈雅が後宮に引きこもっていた間、王の判断待ちで止まっていた政務が山積みだったらしく、ここぞとばかりに烈雅に仕事を押しつけているらしい。

「無理して謀反など起こさずとも、このまま烈雅様がやる気を取り戻してくだされば、万事がうまく収まるのではと考えたのです」

玲深はここ数週間の烈雅の仕事ぶりを冷静に分析し、清雅にそう提案した。

「おや、これは。兄上と久しぶりに相愛の状態で抱き合ったことで、ほだされてしまったのかい？」

しかし、清雅は玲深の提案を冗談と受けとめたようだ。

露骨にからかわれ、玲深は恥ずかしさに肩を竦《すく》めた。

「そういうわけではございません。ただ私は、今すぐ手荒なことを起こさずとも、このましばらく烈雅様のご様子を見守っていてもいいのではないかと」

「それはだめだよ。今はよくても、兄上には王は務まらない」

「烈雅様は王にふさわしくないとおっしゃるのですか？」

少しむっとして玲深は清雅に問いかけた。

清雅はそれまで卓台の上で書き物をしていた手をとめ、顔をあげた。

「そうだね。決して素質がないわけではないが、兄上は優しすぎるのだ」

「どういう意味でございますか？」

「王は時として非情になることを求められる。だが、兄上にはそれができない。例えば、国益と玲深どのを秤《はかり》にかけたら、兄上は迷わず玲深どのを選ぶだろうね。それは王として致命的な欠点だ」

清雅の言うことも一理ある。

烈雅は優秀だが、精神的に不安定なところがある。

小鈴を失った今、誰かが常にそばで支えていなければ、烈雅はすぐに王としての重責に心が折れてしまうだろう。

「ならば、王は誰も愛してはいけないというのですか？　たとえ王であっても、王は人です。生涯、誰も愛する相手も得られないなんて、そんなの悲しすぎるではありませんか」

「少なくとも僕は、王とはそういう運命だと思っている」

「そんな……」

玲深は思わず絶句した。

もしかしたら、清雅はそこまでの覚悟をもって、王位を狙っているのかもしれない。

だとしたら、烈雅はやはり清雅には敵《かな》わない。二人の間には、王としての精神力と、覚悟の差が歴然としてある。

「兄上は庶民と同じように静かな暮らしを営まれたほうが、幸せになれる。玲深どのもそう思うだろう？」

同意を求められるが、玲深はすぐには頷けなかった。

王ではなく、庶民として暮らす烈雅を想像できなかったからだ。

「兄上は不幸な御方だ。生まれながらに王としての運命に縛りつけられ、それから逃れることができなかったのだから」

清雅が窓についた霜を指で拭う。

曇った硝子《ガラス》の向こうには高い塀があり、その先には後宮の建物が立ち並んでいる。

「玲深どのもだよ。兄上を恨む気持ちはわかるが、そろそろ解放されてもいいのではないかい？　そのほうが玲深どのも幸せになれる」

「私の幸せ……」

玲深は清雅のその言葉を反芻した。

自分の幸せとはいったいなんなのだろう。

かつては、貧困に苦しむ民を救うため、官吏になりたかった。

けれど、今の自分の望みとは？

自分にとっての本当の幸せとはなんだろう。

宦官となってからは、毎日を生きることに必死で、落ち着いて考えることもしなかった。

烈雅を恨むことから解放されたいと願ったことはあるが、その先の人生について玲深は深く考えたことがなかった。

十三年前、後宮の中庭で命を救われて以来、烈雅のそばにいるのが当たり前で、烈雅と離れて暮らすことなんて想像もしなかった。

「迷うことはない。あとの面倒なことは全部僕が引き受けよう。当初の計画通り、玲深どのは、隙を見てこの薬を兄上に飲ませてくれるだけでいい。それですべての運命が変わる。兄上も玲深どのも、僕たちも民も皆、幸せになれるんだ」

清雅が卓台の抽斗《ひきだし》から薬包を取り出し、玲深に手渡してくる。

「これは？」

「睡眠薬だよ。表向きは兄上から望んで王位を譲っていただいたことにしなくてはいけないからね。僕が王の神器を手に入れ、すべての調整を終えるまで、兄上に眠っていていただかなくては」

睡眠薬……それならば大丈夫かもしれない。

このまま王位にいては烈雅は幸せになれない。そして自分も……。

烈雅にこの薬を飲ませれば、すべてが変わる。烈雅も自分も自由になれるのだ。

「わかりました……」

薬包を胸元にしまい、歩き出す。

「これから僕は半月ほど蔡への外遊で留守にする。その間に首尾よく事が運ぶことを期待しているよ。美しき刺客どの」

玲深の後ろ姿を、清雅が手を振って見送った。

＊

ゆらゆらと揺れる水面に、赤や黄色に色づいた木の葉が一枚、また一枚と舞い落ちる。

玲深たちは今、煌国の中心を東西に流れる穏やかな川に舟を浮かべ、布の天井を張った高御座の上に座っていた。

（ずいぶんとお疲れのご様子だ……。やはり無理はされず、今日は寝所でゆっくりお休みになられたほうがよかったのでは……）

玲深は自分の膝に頭を乗せ、気を失ったように眠る烈雅の横顔をこっそりと盗み見た。

爽やかな秋の陽射しと、ゆらゆらと心地よく揺れる舟の動きが、烈雅の眠気を誘ったのかもしれない。

久しぶりに取ることができた休暇を、玲深とともに川で過ごすことになったのは、烈雅たっての希望だった。

幼い頃、何度か川に舟を浮かべ、玲深と一緒に遊んだことを烈雅は覚えていたのかもしれない。

（川遊びを楽しみにされていた烈雅様には申し訳ないけれど、この遠出は私にとってまたとない好機だ……）

玲深は懐に忍ばせた薬包の感触を着物の上からこっそりと確かめた。

先日、清雅から渡されたもので、紙包みの中身は睡眠薬だと聞いている。

警備の固い後宮では、なかなか烈雅に薬を飲ませることができなかった。

しかし、今この舟に同乗しているのは、玲深と烈雅のほか、舟を漕《こ》ぐ水夫たちと数名の侍女のみ。皆、清雅の息のかかった者たちばかりである。

いつもは周囲に警戒を怠らない烈雅も、久しぶりに外の空気を吸ったことで、気が緩んでいるようだ。

あとは隙を見て烈雅の飲み物にこの薬を混ぜ、一気に飲ませてしまえば、すべてが終わる。烈雅も自分も自由になれる。生まれついた身分や使命に縛られず、幸せな人生をやり直すことができるのだ。

玲深は大きく深呼吸をして、懸命に逸《はや》る心を鎮めた。

舟は順調に川を下り、やがて柳の木が群生する浅瀬へとやってきた。

柳の枝に舟のへりがぶつかり、低く垂れた葉を揺らすと、水面で遊んでいた白い渡り鳥が一斉に飛び立っていった。

その羽音に気がついたのか、烈雅がふっと目を覚ました。

「ああ、すまない。しばらく、眠っていたようだな」

「いえ」

体を起こし、辛そうな表情で眉間を揉《も》む烈雅に、玲深は慌てて硬い声を作り答えた。

元々川遊びを楽しむつもりはなかったし、しばし烈雅に膝を貸すことぐらい、どうってことはない。

ただ、ずっと外の風に当たっていた体は寒気を覚え、小さくくしゃみが出てしまった。

「ずいぶん体が冷えてしまっているな。これを着ていろ」

烈雅が羽織っていた外衣を脱ぎ、玲深の肩にかけてくる。黒地に金の刺繍が施された、この上もなく上等な逸品だ。

「ありがとうございます」

烈雅の温もりが残る外衣はとても温かく、背後からすっぽりと包まれると、罪悪感に胸がずきりと痛んだ。

今から烈雅に薬を飲ませようと玲深が企んでいるのも知らず、烈雅は純粋に玲深の体調を気遣ってくれたようだ。

「余生はお前とこんなふうにゆったりと肩を並べて過ごすのが夢だった」

烈雅は隣に座る玲深の肩を片手で引き寄せると、しみじみと呟いた。

いつになく穏やかに細められた金銅色の瞳は、ゆったりと流れる川岸の景色を眩《まぶし》しげに見つめている。

「余生など……まだ早うございましょう?」

進んで会話をするつもりはなかったが、玲深は思わず烈雅に応えてしまっていた。

長年の心労や王という立場のせいか、実年齢よりもやや老けて見えるが、烈雅は先月、二十七歳になったばかりだ。

まだ若いのに、今から余生を口にするなんて、烈雅はいったい何を考えているのだろう。

「俺の人生など、初めからあってなかったようなものだ」

烈雅はそう言って、口元に寂しい笑みを浮かべた。

「生まれたときから、いつか王となるべく厳しく躾《しつ》けられ、俺はそれ以外の選択肢を与えられなかった。誰より早く論語をそらんじても、馬を乗りこなしても、皇太子ならばそれができて当たり前。誰も俺の努力なんか、見てはくれなかった」

玲深たちの目の前の水面を、黄色いくちばしをした家鴨《あひる》のつがいが横切っていく。

烈雅はそれをしばらく目を細めて眺めたあと、おもむろに家鴨たちを指さし、こう言った。

「俺はあの家鴨と一緒だ。家鴨はどうがんばっても白鳥にはなれないのに、いつも白鳥らしく振る舞うことを求められる。ああやって泳いでいるだけで、家鴨はもう精一杯だというのにな」

どうやら烈雅は自分と家鴨の境遇を重ね合わせて考えたらしい。

家鴨は優雅に泳いでいるように見えるが、水中では必死に足を動かし、水を掻き続けているのだという。

もしかしたら、烈雅は見かけ以上に疲れているのかもしれない。

玲深は今まで烈雅の能力を低いと思ったことはない。

幼い頃は玲深が難しくて読めなかった本もすらすらと読んだし、玲深が科挙を受けると聞けば、夜通し韻詩のコツを助言してくれたりもした。

王としての素質は十分にある。あとは本人がやる気を出してくれさえすれば、乱れた政治も元に戻るかもしれないのに。

「家鴨だなんて、そのようにご謙遜《けんそん》なさらないでください。あなた様は、この国の王でしょう。どうか自信をお持ちくださいませ」

諫める口調が自然ときつくなる。

烈雅さえ本気を出してくれれば、清雅に王の資格がないだなんて、言われることもなかっただろうに。

「そうやって俺を叱《しか》ってくれるのは、今はもうお前だけだな、玲深」

しかし、烈雅は玲深を咎める様子もなく、力なく笑う。

「この国では皆、俺を「王」としてしか見てくれない。彼らの中では、煌烈雅という名の個人は存在せず、ただ俺につけられた「王」という肩書きに跪《ひざまず》くのだ。俺はそれが……ずっと虚しくてたまらなかった」

烈雅は述懐するように、細く息を吐いた。

「母上もきっとそうだったのだろう」

「羌妃様が？」

「ああ。母上はいつも俺を膝に乗せて泣いていたよ。生まれ育った国へ帰りたいと。かつて祖国で暮らしていた頃、母上は女ながらに自ら馬を操り荒野を駆け回る、快活な姫君だったようだ。だから父上のもとに嫁いできてからは、正妃という肩書きに縛られる暮らしが窮屈でたまらなかったのだろうな。他の妃からの嫌がらせに耐えかねた母上は思い切って一度、後宮から逃げ出したそうだ。だが、怒った父上に捕らえられ、その後は自室に監禁され、最後は病み狂いながら死んでいった」

それは玲深も初めて聞く、烈雅の母の壮絶な最期だった。

そのとき烈雅が受けたであろう衝撃を想像すると、心が痛む。

「個を奪われたままでは、人は誰からも愛されぬし、誰も愛することができない。だから、俺は運命を変えたかったのだ。最後まで父上を恨みながら死んでいった母上のようには決してなるまいと……けれど、いったいどこで間違えてしまったのだろうな」

川面を走る秋風にたなびく玲深の黒髪を指先で捕らえ、烈雅はそっとそこに口づけてきた。

「愛するお前を誰よりも大切にしたかったのに、俺はお前を守りきることができなかった。お前が俺を恨むのも当然だ……。だが、もしできることなら、なんのしがらみもなくお前と無邪気に過ごせていた子どもの頃に戻りたい……」

烈雅の声がかすかに震えている。

それはきっと、烈雅が長年胸に秘めていた本音だったのだろう。

玲深はここまで不安定になっている烈雅を久しぶりに見た気がした。

「たまに自分が王家に生まれなければよかったと思うときがある。けれど、王家に生まれていなければ、お前に出会えていなかっただろうし、こうしてお前を手元に置いておくこともできなかった」

烈雅が右手を伸ばし、玲深の頬に触れてくる。

そのまま口づけられるかと身構えたが、烈雅は複雑に顔を歪めたあと、玲深の肩に額を寄せてきた。

「お前が手に入らぬなら王の座などいらぬ」

囁くように呟かれる。

烈雅はきっと今も、変わらず自分を愛してくれているのだろう。

かつて彼に抱いていた恋情を思い出し、玲深の胸は切なく痺れた。

これほどまでに自分を愛してくれるこの人に、本当に薬を飲ませていいのだろうか。

玲深は薬包を隠し持った胸元に手を当て、自問した。

だが、疲れ切った表情をしている烈雅にこれ以上無理はさせられない。

烈雅は王を辞めたがっているようだし、烈雅のためにも王位は清雅に譲ったほうがいいのだと、玲深は必死に揺らぎかけた自分の心に言い聞かせた。

と、烈雅の体がぐらりと前に傾いだ。

舟の揺れによるものではなく、眩暈をもよおしたらしい。

慌てて抱きとめたものの、玲深の腕に摑まる烈雅の手は氷のように冷たく、顔色も真っ青になっている。

「ああ、すまん。近頃、やけに眩暈がしてな」

おそらく軽い貧血だろう。

烈雅は額を押さえ、どうにか発作をやり過ごそうとしている。

近頃は朝議以外の政務にも励んでいるようで、寝る間も惜しんで夜通し書き物をしている姿を見かけることが多くなっていた。

元々、暴飲で体を壊しかけていたところに、無理が重なったのだから、体調を崩して当たり前だ。

「今、お茶を」

玲深は烈雅をその場に横たえると、そっと立ちあがり、舟の後方へと下がった。

またとない好機がやってきた。今なら烈雅は眩暈を覚えているため、玲深がお茶に細工を施したところで、気づく可能性は低いだろう。

玲深は淹れたお茶に薬を混ぜ、烈雅のもとへ戻った。

「どうぞ、お飲みください」

片手で烈雅の上体を抱き起こし、素知らぬ顔で、烈雅愛用の銀杯を差し出す。

烈雅はもう一度「すまぬな」と玲深を労い、お茶に口をつけた。

その様子を玲深は固唾を飲んで見守った。

清雅からは、銀にも反応しない特別な薬だと聞いているが、万が一気がつかれたらどうしよう。

しかし、玲深のその心配は杞憂《きゆう》に終わったようだ。

「ありがとう。美味《うま》かった」

烈雅はすべて飲み干すと、玲深に杯を返した。

お茶の中に混ぜられた薬に気づいた様子はない。

もしかしたら効いていないのだろうか？

不安になって、玲深は烈雅の様子を注意深く観察した。

すると、次第に烈雅の手がかすかに震え始めたのに気がついた。

ようやく薬が効いてきたようだ。

だが、反応がおかしい。

ただの睡眠薬のはずなのに、烈雅の額にはびっしりと脂汗が浮き、瞼《まぶた》は落ちることなく、むしろ苦しみに目が血走っているような気がする。

まるで睡眠薬ではなく、毒を飲んだかのような――

と、そのとき烈雅の体が派手な音を立てて、甲板に倒れた。

「烈雅様！」

慌てて彼を抱き支え、玲深は周囲を見渡した。

これはいったいどういうことだ？

自分が飲ませたのは、睡眠薬ではなかったのか？

とにかく異常事態だ。

人払いをして下がらせていたが、早く侍女を呼ばなくては。

「よい。人は呼ぶな」

しかし、烈雅は震える右手を上げ、玲深の行動を制してくる。

自分がいったい何を飲ませてしまったのか知りたくて、玲深は思い切って先ほど烈雅が飲み干した杯の縁に残っていた水滴を舐めてみた。

ほんの数滴含んだだけでも、舌先がぴり、と痺れる。

こんなものを、烈雅はためらいもなく飲んだのか。いったいなぜ――

「なぜ飲んだのです？」

たまらず玲深は尋ねた。

ひと口飲んだだけで、烈雅はきっと気づいていたはずだ。

この中に薬が混ぜられていることも、玲深の思惑にも。

「これは俺の報いだ。お前が俺に毒を盛る機会を窺《うかが》っていたのは知っていた。だが、どうしても終わらせておかなければいけない政務があったのでな」

喋りながら、烈雅は今度は口から血を噴き出した。顔色がみるみるうちに悪くなっていく。

「申し訳ございません。すぐに解毒を……」

玲深は半狂乱で荷物の中を探した。何か毒消しになるような薬を持ってきていないだろうか。

このままでは烈雅は死んでしまうかもしれない。

自分のせいで。自分が飲ませた毒のせいで。

嫌だ。そんなのだめだ。烈雅がこの世からいなくなると想像しただけで、がたがたと体が震え、とまらなくなる。

しかし、荷物の中に使えそうな薬は何も見つからず、玲深にできる手立ては何も残されていなかった。

「よい。構うな……。お前に無視されるより、よっぽどいい。お前の手にかかって死ねるなら……本望だ」

なんということを言うのだろう。胸が詰まって言葉にならない。

「俺の死後は……自由になれ、玲深。俺はお前の……夢を、奪ってしまった……だから」

玲深の腕の中で、烈雅は再び激しく喀血《かっけつ》した。

「喋らないでください。今、毒を吸い出しますゆえ」

懇願する声が涙で掠れる。

血の滴る烈雅の唇に迷うことなく口づけて、どうにか毒を吸い出そうと試みる。

しかし、すでに全身に毒が回ってしまっているのか、玲深のその行動はなんの意味も成さなかった。

「烈雅様!」

声を嗄《か》らし何度呼んでも、もう届かない。

抱き締めた腕の中でみるみるうちに烈雅の体温が遠のいていく。

「……つがと」

「なんです?」

「烈雅と、お前がやっと名を呼んでくれた。それだけで十分だ」

烈雅の瞼がゆっくりと閉じられていく。

「いや……」

体が震える。ばくばくと心臓が高鳴り、うまく息ができない。

「烈雅様――っ!」

腕の中で動かなくなった体に縋り、玲深は絶叫した。

第七章

川遊びから二週間が過ぎ、清雅が外遊から戻ってきたと報せを聞くやいなや、玲深はすぐさま清雅の居室を目指した。

胸の中に怒りが込みあげて、制御できない。

衛兵の制止を振り切り、部屋の扉を開ける。

清雅は窓際の卓台の前に腰かけ、巻物を読んでいたようだ。突然現れた玲深に驚いて、顔をあげる。

「私を裏切ったのですか？　清雅様」

急いで駆けてきたせいで、はあはあと声が掠れる。

「まさか。裏切ってなどいないよ。根拠のない言いがかりはよしてくれないかい？」

清雅の腰には、正当な王位継承者であることを示す王の剣が携えられている。玲深が烈雅と舟遊びに出ている隙に、清雅の手の者が後宮の中庭から持ち出したのだろう。

あのあと、駆けつけた薬師と玲深の懸命な手当の甲斐《かい》あって、烈雅は一命を取りとめたものの、左半身に後遺症が残った。

手足に残る麻痺《まひ》は今後治療を続ければ元の機能を取り戻すだろうと診断されたが、光を失ってしまった左目の回復は絶望的だった。

そのため、烈雅は王位を清雅に譲り、静養という名目で地方へ下ることとなった。このままでは執務継続が困難と判断されたからだ。

「私は睡眠薬と伺っていたから、烈雅様にあの薬を飲ませたのです。それが、まさか毒だったなんて……！」

「声を慎みたまえ、玲深どの。誰に聞かれているともわからないだろう」

清雅がわざとらしく己の唇に人差し指を立てる。

だが、ここは清雅の私室だ。声を聞かれるとしても、部屋の中には清雅の息のかかった侍女や衛兵しかいない。

それを承知の上で、清雅は取り乱す玲深を見て、笑っているのだ。

清雅の中に眠る狂気を初めて目の当たりにしたような気がして、ぞっと背筋が凍る。

「仮に兄上に飲ませたのが毒だったとして、なんの問題があるんだい？　元々兄上は王を辞めたがっていたようだし、僕たちの思惑にも初めから気づいていたと監視の者から報告を受けているよ」

「それは……」

どうにか反論しようと思っても、うまく言葉が出てこない。

烈雅が毒に対して警戒を怠ったのは自分のせいだ。いつもは毒見役をつけている烈雅が、躊躇いもなく毒を飲んだのは、自分が差し出した茶杯だったからだ。

自分への愛を証明するために、そこに毒が入れられていると知りながらも、烈雅は一気に杯を飲み干した。

もしかしたら、初めからそれこそが清雅の狙いだったのかもしれない。

けれど、もし中に毒が入っていると知っていたら、烈雅に飲ませることなんてしなかった。体に無害の睡眠薬だと思っていたからこそ、清雅の姦計に乗ったのに。

「このたびの譲位は、兄上自ら望まれたこと。誰の血も流さず、平和的にすべてが解決したのだ。それでよいではないか」

清雅は椅子に座ったまま、組んでいた脚を優雅に組み替える。

烈雅の左目の光を奪ったことに対して何一つ罪悪感を抱いていない、自信に満ちた勝者の笑みだった。

どうして自分はこの男の言葉を易々《やすやす》と信じてしまったのだろう。

清雅の誘いを受けたあのとき、たしかに追い詰められていたとはいえ、もっと冷静に判断を下すべきだった。

清雅の言葉を疑いもしなかった自分の愚かさが憎らしい。

「それに、いずれ僕に王位を譲ることを、兄上なりに覚悟していたようだ。これは先月、兄上が最後に朝議にかけた議案だよ。見てみるかい？」

卓台に広げられていた巻物を手渡される。

「これは……」

玲深は思わず言葉を失った。

そこには烈雅の几帳面《きちょうめん》な筆跡で、第一条から第九条までびっしりと新たな法案の骨子が書き込まれていた。

「宦官制撤廃の法案だ。兄上はよほど、玲深どのを太監の地位から解き放ちたかったのだろうね。反対する者の多い中、この一ヶ月ほどは、この法案を成立させることに執心されていたようだ」

玲深と昔のように抱き合うようになってからというものの、寝る間も惜しんで執務に励んでいた烈雅の後ろ姿を思い出す。

あれは、すべて、この法案を通すための行動だったのか。

烈雅が退位したあとの玲深を自由にするための。

「宦官制をなくすことに関して、僕も特別異論はない。兄上の意思を継ぎ、この国をさらによくするため、玲深どのにはこれからも別の形で励んでもらうつもりだ」

「私を、官吏に戻していただけるのですか？」

かすかな期待を込めて尋ねる。

宦官になる前は短い期間だが、戸部の官吏として働いていたこともある。官吏として国の政治に関わることは、玲深の夢だった。

清雅のもとでなら、今からでも人生をやり直せる？

しかし、そのわずかな希望は、ぷっと噴き出した清雅にあっさりと否定されてしまう。

「官吏だって？　笑わせないでおくれよ。君は身のほどをわきまえるべきだ、玲深どの。美しい花は咲く場所を間違えないものだ」

「どういう意味ですか？」

「言葉の通りだよ。君は後宮に咲いているからこそ美しい花。まさか本気で政治の表舞台に関わろうとでも？　宦官の身で？」

清雅は哂う。嘲るような、それでいて玲深の慢心を哀れむような、冷めた笑みだった。

「君には後宮が似合っている。これからは、我が妃として王となった僕に仕えてもらおう」

とんと肩を押され、玲深は床に尻もちをついた。清雅に裏切られた衝撃で呆然としてしまい、脚に力が入らない。

清雅は最初からそれが目的だったのだろうか。

国や民のためといった大義名分は全部嘘で、自分を都合のいい手駒として扱うための。

「……私は男でございます。妃とはいったい……」

唇をわななかせる。

「何を言う。もう立派に女だろう。兄上に愛された躰が疼いてたまらないはずだ」

清雅が体の上に伸《の》しかかってくる。当然の権利とばかりに官服の隙間から素肌をまさぐられ、気持ち悪さに玲深は清雅の体を押し返した。

「いや……っ、どうして」

「そう嫌がらないでおくれ。僕は昔から君に恋い焦がれていたのだよ。兄上の隣で寂しげに微笑んでいる玲深どのを見て、僕ならばもっと幸せにしてあげられるのにと何度悔しく思ったことか」

清雅は謡《うた》うようにすらすらと想いを告げてくる。

しかし、とても本心とは思えなかった。

玲深の知っている恋は言葉に出すことすらはばかられるような、もっと切なく激しいものだ。

「僕ならば、ずっと君を大切にしてあげられる。このように粗末な服は纏わせず、いつも美しく飾り立てて、後宮の一番奥の部屋に飾っておこう」

清雅は玲深の官服に手をかけ、にこりと微笑む。

それではまるで人形だ。

清雅のお気に入りだけを集めた陳列棚に飾るつもりだろうか。

「私は、妃になどなりません。それに、紹花様はどうなるのですか？」

烈雅が王の座を追われたならば、紹花は蔡に戻るのだろうか。

「ああ、あの女か。心配しなくていい。僕は王の地位を得るために、彼女を引き続き正妃として娶ることを約束した。それが蔡の国王が僕を支援する条件だったからね」

「そんな……」

玲深は驚いて目を瞠った。

蔡での外遊中に清雅は事前にそこまで手を回していたのか。道理で譲位が滞りなく進むはずだ。

けれど、紹花は烈雅が好きだったのだ。王なら誰でもいいわけではない。人の心は物ではない。容易く変えられるものではないのだ。

「大丈夫。僕は平等に愛するよ。たとえ何人妃を迎えても、皆を等しく慈しむつもりだ」

清雅の言っていることが理解できない。

紹花だって、自分だけを愛してもらいたかったはずだ。たくさんの妃たちと、清雅の気まぐれな寵愛を奪い合う生活が幸せとは考えにくい。

「私は清雅様のなんなのですか?」

唇を震わせ、尋ねる。

「決まっているだろう? 僕の可愛い玩具だ」

清雅は爽やかに微笑み、あっけらかんと答える。

清雅にとって自分はもはや人ですらない。惨めを通り越して、滑稽《こっけい》だった。

烈雅ならば、こんなことはなかった。

烈雅は自分を愛してくれた。玩具ではなく、一人の人間として尊重してくれていた。

あんなに一途な人をほかに知らない。

「お離しください」

「なぜ拒むんだい？」

「私は、清雅様のものではございません」

自分の着物を脱がせようとする清雅の手を押さえ、きっぱりと口にする。

「そうかい。それは残念だ」

清雅がぱちりと指を弾く。

その音を合図に、部屋の外に控えていた衛兵たちがどっと部屋の中に押し寄せてきて、玲深の両脇を後ろから抱えあげた。

「何をするのです？」

「手荒なことはしたくなかったが、名実ともに玲深どのを僕のものにするには、少し躾《しつけ》が必要なようだからね」

嫌な予感に背筋が震える。

「僕の訪れを待ちわびて可愛い声で囀《さえず》るようになるまで、しばらくは鳥籠《とりかご》の姫になってもらうよ」

そう言って、清雅は美しく微笑んだ。

*

美しく飾り立てられた後宮の一室に玲深が閉じ込められて、一ヶ月が過ぎた。

清雅は時々現れては、玲深の体を弄び、去っていく。

これは烈雅を手にかけた罰だ。そう思い、玲深は屈辱的な行為に耐えた。

玲深が逃げられないよう、両手は常に頭上で高く縛りつけられ、部屋の外には監視もつけられている。申し訳程度に夜着は着せられていたが、どれも目を背けたくなるほどきらびやかな女物だ。

宦官として働いていた頃よりも、段違いに窮屈で単調な生活。

このまま、自分は清雅に囚われたまま、一生を終えるのだろうか。

諦めにも似た思いが、玲深の思考を鈍らせていく。

そんなある日の夕方、玲深の部屋の扉が重々しい音を立てて開いた。

「やあ、我が妃どの。ずいぶん待たせたね」

王の正装に身を包んだ清雅のあとに続いて、清雅と連れ立って見知らぬ男が二人、部屋に入ってくる。

「どういうことですか清雅様、これは……」

天井の梁《はり》に通した縄で全身を宙に吊られたうつ伏せの体勢のまま、昼過ぎから清雅の責めを受け続けていた玲深は乱れた黒髪もそのまま荒い呼吸で問いかけた。

部屋の中に入ってきたのは、酒樽《さかだる》のようにでっぷりと肥えた若い男と、黒い袍に身を包んだ白髪交じりの中年の男だ。

「袁国《えんこく》の皇太子殿下と丞相どのだ。このたびは僕の即位式の報せを受けて、急な招きにもかかわらず遠方より遥々《はるばる》駆けつけてくださったのだ。大事なお客人のご足労を労うのは、我が妃として当然の務めだろう?」

清雅は「さぁ、こちらへ」と二人を部屋の奥へ誘い、玲深のもとへ近づける。

「清雅どの。そ、それが余に会わせたいという、噂の寵姫か?」

でっぷりと肥えた男が興奮した様子で口を開く。

こちらが袁国の皇太子だろう。贅沢な宝飾が施された黒い冠を被り、金糸で縁どられた臙《えん》脂色《じいろ》の着物を着ている。

「ええ、我が国一の美姫でありますよ。まだ後宮に来て日が浅いため、躾が十分にできておらず申し訳ないのですが」

「いやいや、結構結構。煌国には美人が多いと聞きましたが、これは期待に違《たが》わず美しい。乱れた黒髪が艶《なま》めかしく、天女もかくやという風情ですな」

白い顎髭を撫でながら、もう一人の男が頷く。彼が丞相だろう。

丞相の座に就いてから、逼迫《ひっぱく》した財政に喘《あえ》いでいた袁を一代で立て直した、相当の切れ者と聞いている。

「で、でも、胸がない。男だ。魔羅《まら》のない、不思議な男。いったいどういうことなのだ？」

皇太子が大きくはだけた緋色の着物から裸身を覗かせる玲深を指さし、傍らに立つ丞相に問いかける。

宦官制度のない袁国では、今まで本物の宦官を見たことがなかったのだろう。

丞相はちらりと玲深の股間に視線を向けると、扇を口元に当て、清雅に尋ねた。

「こちらを切り落とされたのは、陛下の趣味でございますか？」

「まさか。いくら僕でも、そのような下劣な趣味はありませんよ。この者は元々宦官です。先だって宦官制を廃止した折に、この者が帰る家もなく困っていたところを拾ってやったのです」

「なるほど。陛下は大変ご慈悲深い。本来なら飢え死ぬところを、このように綺麗な着物を着せられ、華やかな後宮で何不自由なく暮らせるのですから、この者も幸せでしょう」

丞相が感心したように、好色そうな目を三日月形に細める。

「玲深、顔をあげなさい。殿下と丞相殿にご挨拶を」

清雅が穏やかな声で命じてくる。

しかし、玲深は首を横に振った。

清雅は自分を見世物にするために二人を部屋に呼んだのだろう。

いったいどこまで自分を辱めれば気が済むのか。

「聞き分けのない子は嫌いだよ。また撲《ぶ》たれたいのかい？」

玲深が抵抗していると、二人に聞こえない大きさの声で、清雅は玲深の耳元で囁いてきた。

「これは外交だ。我が国と袁は表立った敵同士ではないが、国境付近で続く小競り合いの影響で、ここ十年ほど交易が絶えている。だが、お二人は僕の即位を機に、通商を再開してもいいとおっしゃってくださった。今ここでお二人の機嫌を損ねたらどうなるか……言わなくとも、わかるね？」

玲深の顎を持ちあげ、清雅は玲深の首元に右手の爪をつぅと滑らす。

根っからの女好きである清雅は、玲深を後宮に囲ってからも、自らの逸物で玲深を犯すことはしなかったが、その代わり道具で何度も残酷に玲深を責め立てた。

つい先日も、清雅の命令を拒み、馬用の鞭《むち》を受けたばかりの体が恐怖で竦む。

玲深がおとなしくなったのを確認すると、清雅は外交用の笑顔を浮かべ、客人たちを振り返った。

「準備が整いました。どうぞ、こちらへ」

「うむ」

清雅に導かれるまま、皇太子が歩み出る。

丞相が「失礼します」と声をかけ、主の衣の前を寛げた。

酒樽のようにどっぷりと肥えた腹が、玲深の顔の前に飛び出てくる。

その下には、立派な体格には不釣り合いの、皮を被った貧相な逸物がぶら下がっていた。

「さぁ、お客人をもてなして差し上げるんだ、玲深」

清雅に命じられるまま、皇太子のものを無理矢理口に含まされる。

長旅の埃《ほこり》をまだ落としていないのか、皇太子の逸物は臭気がきつく、咥えているだけで気分が悪くなる。

思わず眉間に深く皺を寄せていると、清雅に尻を抓られた。

「ほら、何をさぼっているんだい。もっと舌を動かしなさい」

「つぅ……」

「お、おぉ……」

吐き気をこらえ、玲深は嫌々男根を舌で包んだ。

皇太子の口からくぐもった声があがる。

「いかがでございますか、殿下。いたらぬ部分があれば、なんなりとお申しつけください」

「う、うむ……」

拙《つたな》い口技でも、嫌がる玲深に無理矢理咥えさせているという光景に、皇太子は大変満足したようだった。

気持ちよさそうに目を閉じ、玲深の後頭部を摑み、さらにぐいぐいと腰を押しつけてくる。

喉の奥を割られ、息苦しさに玲深は噎せた。

「ん……ぷっ、ンぅ……う」

まるで玲深を気遣うことのない、無慈悲な扱いだ。かつて烈雅にも口淫を強制されたことはあったが、烈雅は自分にこんなひどいことはしなかった。

今さらながらに、いつも烈雅に大事に扱われていたことに思いいたり、玲深の目尻に涙が浮かぶ。

「しかし、このようなところに大きな宝石をぶら下げて、玲深どのは陛下にずいぶん可愛がられているようですな」

「う……っ」

丞相の指が、縄で宙づりになった玲深の乳首に結ばれた糸を弾く。

糸の先には、栗の実ほどの大きさの紫水晶がぶら下げられていた。

「美しいものはより飾り立てるべきだというのが、僕の信条でしてね」

「まったくですな」

丞相は清雅の言葉に頷き、執拗に何度も糸を弾いてくる。

そのたびに紫水晶が大きく揺れ、玲深は鋭い痛みに思わず口に含んでいた逸物を取り零してしまった。

「は、弾かないで……痛っ」

「痛い？　これほど乳首を腫らして痛いはずがなかろう。まるで牝牛のような寵姫だな。もうすぐ乳でも搾れるのではないか？」

丞相が上機嫌に嘲る。丞相の指が糸を弾くたび、紫水晶のずしりとした重さが乳首にかかり、そこがちぎれそうになる。

「ひっ、う……」

がくがくと体が震え、玲深は宙に吊られた体勢のまま、はしたなく失禁した。

「丞相！　乳の代わりに、こちらから失禁したぞ！」

粗相をした玲深の前を見て、皇太子が子どものように笑う。

「はは、面白い。よい。余は、そ、そちが気に入ったぞ」

皇太子は玲深の頰に何度も猛った自身を擦りつけ、興奮した息遣いで清雅に問いかける。

「中に挿れてもよいか？」

「ええ、構いませんよ」

清雅がにこりと微笑む。

しかし、すかさず条件を出すのは忘れなかった。

「ただし、必ず近いうちに我が国との交易を再開すると、この場でお約束いただけるのなら」

　皇太子が困ったように短い眉を顔の中央に寄せる。

「そ、それは父上に聞かないと、わからない……」

「ならば、玲深はお貸しいたしかねますな」

　清雅は大きくため息をつき、おもむろに玲深の体を天井から吊す縄を手繰った。体をぐるりと回され、清雅たちの目の前に尻を突き出す体勢にさせられる。

「あ……ぅ」

　吊られる体勢が変わることで、中を満たす異物がごろりと動き、玲深は思わず呻いた。

「とても残念です。このたび殿下をお迎えするに当たり、玲深には殿下への贈り物を準備をさせておりましたのに」

「贈り物？」

「ご覧になられますか？」

　清雅が指を玲深の秘肛の入り口に添える。

「だめっ……、清雅さま、もれてしま……あ、あぁ……」

　そのまま二本の指で入り口を抉《こ》じ開けられ、玲深は堪え切れず中に注入されていた粘液を床に垂らしてしまった。

　後宮に昔から伝わる、媚薬をふんだんに混ぜた粘度の高い香油だ。

これを使われると、腹の奥で蚯蚓《みみず》が蠢《うごめ》くような悪寒が走り、痒《かゆ》くて痒くてたまらなくなる。

今すぐ硬いもので中を擦って、疼きを鎮めてもらわなければ、気が狂ってしまいそうなほどの責め苦に、玲深は朝からずっと苛まれているのだ。

「泣くのはまだ早いよ、玲深。先ほどからここが疼いて仕方なかったのだろう？　殿下に今すぐ楽にしていただこう」

「あっ……いや、ぁ……」

「殿下、贈り物はこの中にございます。どうぞ指を入れてごらんくださいませ」

皇太子の喉がごくりと鳴る。

好奇心が勝ったのか、不潔な場所に指を突き入れる嫌悪感は特別抱かなかったようだ。

つぷりと太い指が、必死に窄めていた肛環を割って、玲深の中に入ってくる。

「あっ、あぁ……」

たったそれだけの刺激で、玲深の全身に雷を受けたような刺激が走った。

体を縄で拘束され、天井から吊られているせいで、指虐を受ける中の感覚だけが特に鋭敏になっているようだ。

「な、何か入っているぞ。これはなんだ？」

玲深の中の異物を指先で探り当てると、皇太子の声は上擦った声で清雅に尋ねた。

「宝玉です」

「宝玉？　なんと！」

皇太子の隣から玲深の肉壺の中を覗き込み、丞相が驚いた声をあげる。

「うっ……ぅ……」

三人の男の目が、自分の赤く熟れた肉襞《にくひだ》の一枚一枚までを食い入るように眺めている。

その羞恥に玲深は耐えられなかった。

「これは僕からのささやかな心遣いです。もしよろしければ、どうぞお好きなだけお取りください」

「よ、よいのか？」

「どうか、これからも我が国とよしなに。お近づきの印にお受け取りください」

清雅が恭しく皇太子の手を導き、さらに玲深の中に探らせた。

戸惑う皇太子の手に己のものを重ねる。

「やっ、いや……ぁ！」

「これ、そのように動いては取れぬぞ。陛下のせっかくのお心遣いを頂戴できないではないか」

あまりの羞恥と襲いくる快感に堪えかね、玲深が暴れると、丞相がすかさず乳首から糸で垂らした宝石を指で弾いてくる。

そのたびに乳首にちぎれそうな痛みが走り、玲深は悲鳴をあげた。

「ひっ……や、胸……やめ……」

「おお、おお、善いのか。善いのか。まったく、この鳥はよい声で啼きますな」

丞相が舌を出し、宝石を右手で転がしながら、糸で絞られ赤く鬱血《うっけつ》した乳首を舐めてくる。

この紫水晶と同じ、いやこれよりも大きな宝玉が、中にはいくつも埋め込まれているのだ。

事前に清雅に準備を施されたときは、用意された数の宝玉を飲み込むだけでやっとで、苦しさにみっともなく泣いてしまったことを思い出し、玲深は清雅に縋った。

「も、無理……、清雅さま、お許しを」

はあはあと荒く息がもれる。

皇太子の指で中を拡げられたせいで、必死に窄めていた中の筋肉が弛緩し、ぬるぬると宝石が滑り落ちてくる。

このまま一気に出してしまいたい。

けれど、清雅は許してはくれなかった。

「勝手に出してはいけないよ、玲深。殿下に一つ一つ取っていただくまで、しっかり窄めていなさい」

そう言いながら、清雅は皇太子によく見えるよう、なおも二本の指で玲深の秘孔の縁を拡げてくる。

「あっ……拡げない、で……やっ、ぁだめっ……！」

その瞬間、堪え切れず、ボトボトと音を立てて、色とりどりの重い宝石がいくつか床に転がった。

「ひっ……っ、ぅ……ぁ……」

びくびくと全身が震え、意識が一瞬、白く飛ぶ。

それはあまりにも強烈な快感だった。

宝玉を産み終えた肛孔が、ひくひくと口を震わせているのがわかる。

蜜栓を外された前からは、だらしなく透明の汁が糸を引いて玲深の太腿を伝っていた。

「後ろだけで気を遣《や》ったのか。たいしたものだ。これほどまでに躾けるには、相当なご苦労をされたのでしょう」

「いいえ、僕は何も。この者が特別に淫乱なだけでございます」

丞相の惜しみない賞賛に、清雅が澄ました顔で答える。

「この者は、先帝である我が兄を籠絡《ろうらく》し国を傾けた、罪深き宦官にございます。この者さえいなければ、我が国はここまで弱体化することもなかったでしょう」

清雅は冷ややかな瞳で玲深を見下ろしてくる。

玲深の美しさを褒め、甘い言葉で口説《くど》いてきたときとはまるで別人のように、冷たい表情だ。

清雅が自分をそのように思っていたなんて知らなかった。玲深の頬を涙が伝う。

すると、それまで玲深の中を指先で嬲《なぶ》っていた皇太子が、自身を扱《しご》き立て、はあはあと荒い吐息を零し始めた。

「も、もう我慢できぬ。清雅どの、抱いてもよいだろう？」

「では、お約束いただけますか？　それなりの対価をいただけると」

しかし、清雅は譲らない。

「対価か……」

「殿下、御耳を」

丞相が皇太子の耳に口元を近づける。

皇太子は丞相の進言を聞くと、目を輝かせ頷いた。

「よし、わかった。我が国からも返礼だ。丞相、あれを」

「はっ」

丞相が隣の部屋へ下がっていく。供の者に言いつけたのか、しばらくすると檜《ひのき》の盥《たらい》を手に戻ってきた。

「袁の名産の泥鰌《どじょう》です。本当は宴の料理に使っていただこうと思って持って参りましたが、よりよい使い道が見つかりましたのでな」

盥の中では活《い》きのいい泥鰌がばしゃばしゃと水をはねながら泳いでいる。

なぜこんなものを突然持ってきたのかと玲深が訝《いぶか》しんでいると、丞相は玲深を見遣り、好色な笑みを浮かべた。

「交易の基本はまず、互いの商品をよく知るところから始まります。まずは、こちらの泥鰌の味を、玲深どのに試食していただければと」

「え……？」

困惑する玲深の脇で、清雅が小さく舌打ちをする。

「なるほど。それが袁の対価とは、よく考えたものですね。ですが、うちの玲深は美食家ですよ。唸《うな》らせることができますかな」

「ご心配なく。きっとお気に召していただけるはずです」

丞相が泥鰌の首元を押さえ、長い胴体を盥からつまみあげる。ぬるぬると黒光りする、太い立派な泥鰌だ。

それを丞相は迷うことなく玲深の尻に近づけてきた。

「いや……、それは、厭でございます……」

丞相の意図していることに気づき、玲深はがたがたと体を震わせた。

あろうことか、皇太子の逸物の代わりに、泥鰌を玲深の蜜壺に埋め込もうとしているのだ。

「よ、余からの返礼が、受けられぬと申すのか？」

縄で吊られた不自由な体勢のまま、玲深が懸命に体をよじって拒んでいると、怒った皇太子にぴしゃりと尻を叩かれた。

「せ、清雅さま……」

玲深は目線だけで清雅に助けを求めた。

しかし、清雅は目を伏せるだけで、玲深と視線を合わせようとしない。

清雅が浅く頷いたのを合図に、丞相の手から放たれた泥鰌の頭が、玲深の秘孔にずるりと滑り込んでくる。

「いやっ、あぁ……ひぃ、っ――」

身の裡《うち》から食い破られそうな勢いで、玲深の中に入れられた泥鰌が暴れ出す。

「や、ぁ……やっ、ぁ助け……て……いや……っつが、さま……、あっあぁ――」

絶望の果てで玲深が最後に呼んだのは、愛しい男の名前だった。

*

悪夢のような接待を終え、玲深が解放されたのは夜更け過ぎのことだった。

心身ともに消耗しきった玲深は、寝台に仰向けに横たわったまま、ぼんやりと白い天井を眺めていた。

さすがにこの期に及んで玲深が後宮から逃げ出す気力もないと判断したのか、足の拘束は解かれ、今は頭の上で両手を手枷で寝台に括《くく》りつけられているのみだ。

あといったい何度、今日のような辱めを受ければ、この悪夢は終わるのだろうか。

清雅は自分のことを道具としか思っていない。

これからも自分は清雅の意のまま、慰み者にされ続けるのだろう。

清雅は政治のためなら、手段を選ばない。

それもまた王として適した素質なのかもしれないが、卑怯《ひきょう》な手を用いて得られた外交が、永く続くとはとても思えない。

誰かの犠牲の上で成り立つ幸せに、なんの意味がある？

体が痛い。それよりも心が痛かった。

——烈雅に会いたい。

涙がぼろぼろと零れてくる。

自分はもう烈雅に会う資格はないのかもしれないけれど、このまま清雅に飼われて狂って死ぬ運命ならば、せめて最後にもう一度烈雅に会ってから死にたい。

そう願うことすら、もうかなわないのだろうか。

そのとき、わずかな音を立て、玲深の部屋の扉が開いた。

清雅がやってきたのかと視線を向けると、そこには薄い藍色の夜着を着た、一人の女が立っていた。

紹花だ。侍女を供につけず、たった一人で玲深の部屋に忍んできたらしい。

「烈雅様がいないの……どこを捜しても、あの御方がいない……」

そう呟きながら、紹花はまるで幽鬼のようにふらふらと玲深のもとへ近づいてくる。

振り乱したままの黒い髪に、がりがりに痩せた細い手足。

ろくに食事を摂《と》っていないのだろうか。元々細い体だったが、この痩せ方は常軌を逸している。

「どこへ隠したの？　お前が隠したのでしょう？　返して！　私にあの御方を返して！」

紹花は寝台のそばまでやってくると、いきなり玲深の足首を摑んできた。

虚ろに開かれた瞳は、玲深ではなく暗闇をじっと見つめている。

正気を失っているのがすぐに見てとれた。

思わずぞっと背筋が凍る。

「烈雅様は今、病を得て西州《さいしゅう》で静養されておいでです。私も、それしか知りませぬ」

涙を飲み込み、玲深は引《ひ》き攣《つ》った声で、どうにかそれだけを答えた。

紹花は玲深が烈雅を隠しているという、ありえない妄執に囚われているようだ。

「嘘……嘘よ。それなら、どうして私を連れていってくださらないの？　烈雅様は私をお見捨てになったの？　あの男の慰み者になるのはもう嫌……嫌なのよ……」

「紹花様……」

紹花の目から涙が零れる。

烈雅が退位したあとも、紹花は清雅の正妃に収まり、それなりに平穏に暮らしているのかと思っていた。

しかし、違ったのだ。

女好きの清雅は、名目上の婚姻だけでなく、きっと気まぐれに紹花を抱いたのだろう。

そして自分と同じように、外交の手段と称して、屈辱的な行為を彼女に強いたのだとしたら——気高い精神が壊れてしまったとしても仕方ない。

「でも、いい気味だわ。お前もここにいるということは、お前も烈雅様に捨てられたのね。可哀相《かわいそう》に」

紹花はひとしきり涙を零すと、玲深の顎を指先で持ち上げ、妖艶《ようえん》に微笑んだ。

「けれど、私はお前とは違う。自らの不幸を嘆くだけで何も変えようとしない、無力なお前とはね」

そう言うと、紹花は夜着の裾を払い立ちあがった。

「このような暮らしはもうたくさん……。私は蔡へ戻るわ」

そして、寝台の脇に置かれた燭台の前に歩いていくと、紹花はおもむろにそれを床に倒した。

燭台に灯された蠟燭《ろうそく》の火が寝台の帳に移り、めらめらと音を立てて燃え広がっていく。

「紹花様、火が……！　早くお消し止めくださいい！」

慌てて玲深は叫んだ。両手を寝台に括りつけられた体勢のまま、がたがたと体を揺らす。

まさか紹花はこの後宮ごと燃やそうとしているのだろうか。

烈雅に捨てられた恨みと清雅への憎しみから、大勢の者を巻き込んで一気に焼き殺そうとしているのかもしれない。

「私は自分の運命を、自分で切り開くだけよ。死ぬのが嫌なら、この部屋からどうにか逃げ出してみせることね」

紹花はそう言い残すと、来たときと同じように覚束《おぼつか》ない足取りで、部屋を出ていった。

部屋の外にいた監視の者は火事に気づくと、玲深の手の縛めを解くことなく、慌ててその場から逃げ去っていく。

何もしなければ、このまま火炙《ひあぶ》りになって死ぬのは時間の問題だ。

足元に迫りくる火を避けながら、玲深は懸命に身をよじった。

死にもの狂いで手枷を寝台の柱に打ちつけ、半狂乱で叫ぶ。

紹花の言う通りだ。たしかに今までは、自分に降りかかる運命を呪《のろ》うばかりで、自ら何かを変えようと思ったことはなかった。

その慢心に気づかず、ずっと他人を責めてばかりいた。

自分はなんて愚かだったのか。

(死にたくない！　せめてひと言、烈雅様にもう一度お会いして、直接お詫び申し上げるま

で、死ぬわけにはいかない）
今さら謝ったところで許してもらえるとは思えない。
でも、それでも、会いたい。烈雅にもう一度会って謝りたかった。
手枷と懸命に闘っていると、ようやく鎖が壊れた。
はだけた夜着を羽織り直すと、玲深は脇目も振らず、その場から駆け出した。
後宮はすでに火の海で、女たちが悲鳴をあげ、右往左往に逃げ惑っている。
かつてこの世の極楽と謳《うた》われた、絢爛《けんらん》豪華な煌彩宮が焼け落ちていく。
それを見ても、玲深は特別な感傷を抱かなかった。
心が麻痺していたのかもしれない。
烈雅に会いたい——。
空っぽになった心に残る、その願いだけが今の玲深を突き動かしていた。
業火に包まれる後宮を、玲深は二度と振り返らなかった。

終章

どこまでも続く平らな大地の地平に、真っ赤な夕陽が沈んでいく。

夜のにおいを孕み始めた冷たい風を全身で受けながら、玲深は馬の手綱を握り、一直線に西州を目指して駆けていた。

街道の傍らを悠々と流れる大河は、かつて烈雅と一緒に舟を浮かべた場所だ。

あのときは、風の冷たさに身を震わせると、すぐに烈雅が外衣を肩にかけてくれた。

だが、復讐心に凝り固まっていたあのときの自分はそのありがたさに気づくこともなく、烈雅の気遣いを素直に受け止めることができなかった。

失って初めて気づく、想い。

烈雅はあんなにも、ずっと自分を愛してくれていたのに。

だから今度は自分が烈雅に想いを届ける番だ。

王宮の厩舎《きゅうしゃ》から盗んだ馬は名馬で、幾里駆け続けても息を切らすことがない。

そのまま満点の星空の下を夜通し駆け続け、陽が昇り始めたところで、玲深はやがて古い城にたどり着いた。

今から百年ほど前、烈雅の先々代に当たる王が、阿片中毒に陥り、気のふれた王妃を幽閉するために建てたといわれる、僻地《へきち》の古城だ。

周囲には険しい山と小さな湖以外何もない、うら寂しい土地。冬にはこの国でも有数の寒波が押し寄せると聞く。

烈雅は、身の回りの世話をする数人の使用人とともに、ここで暮らしているはずだ。

城壁にはびっしりと蔦《つた》が生い繁り、入り口と思しき木の扉には重々しい錠がかけられている。

門番はいないようで、中に声をかけても、応えがなかった。

仕方なく玲深は馬に乗ったまま、城の裏手に回った。どこかに別の入り口がないか、注意深く様子を探る。

せっかくここまで来たのだ。引き返すわけにはいかない。

城の外郭に沿いさらに道を進むと、大きな畑が広がっていて、数名の農民たちが畑を耕しているのが見えた。

朝も早くから精が出ると感心しながら眺めていると、玲深はふと農民たちの中に一際背の高い男の姿を見つけた。

ほかの農民たちと同じく薄汚れた灰色の頭巾《ずきん》を被り、左目を黒い眼帯で覆っているため、顔はよく見えないが、後ろで一つに束《たば》ねたその長い紅髪は——

「烈雅様……」

信じられない気持ちで名を呼ぶ。

玲深はすぐさま馬から降りた。自分が今目にしている光景が本物かどうか確かめたくて、長時間の乗馬ですっかりよろけた足に鞭打ち、畑へ歩いていく。

「……玲深か？」

烈雅と思しき男が振り返り、こちらを向く。頭巾を取り、目を瞬かせる。

今は片方しか見えないが、荒野にあっても決して色あせない金銅色のその瞳は――間違いない。烈雅だ。

「お久しぶりでございます、烈雅様」

玲深はその場に膝をつき、拱手の礼をとった。膝が土で汚れようと構わなかった。

感極まって、目頭が熱くなる。

かつてこの国の王だった烈雅が農民の真似事をしているなんて……自分がそう仕向けた結末とはいえ、罪悪感で胸がいっぱいになる。

本当ならもう二度と会う資格もないのかもしれない。

自分は烈雅を殺そうとしたのだ。この国で最も尊い立場の、この世で最も愛しい人を。

「……本物なのか？」

「は？」

「本物の玲深なのかと訊いている」

烈雅は玲深の正面にやってくると、何度も眼帯で覆われていないほうの目を擦った。

玲深が飲ませた毒の後遺症で片目の視力を失っているのだ。

突然現れた玲深に驚いて、自分が今見ているものに、自信が持てないのかもしれない。

「はい、本物の私でございます。なんの前触れもなく突然訪問しましたこと、どうかお許しくださいませ」

恐縮して、玲深がさらに頭を低くすると、ふっと頭上で烈雅が相好を崩した気配を感じた。

「ならばよい。一瞬、お前の姿に化けた魔性が俺をたぶらかしに来たのかと勘ぐった」

その場に烈雅が屈む。

昔と変わらぬ優しい手つきで肩を抱かれた。

「顔をあげてくれ、玲深。俺はもう王じゃない」

「ですが」

「構わぬと言っているのだ。髪に泥がついている」

地面についた髪をそっと掬われる。

たったそれだけのことで、懐かしさと愛おしさが込みあげて、命じられるまま顔をあげたものの、玲深は正面から烈雅の顔を見つめることができなかった。

「帝都からここまで、遠いところをわざわざ会いに来てくれたのか？」

「はい」

「馬に乗って？」

「はい。夜通し駆けて参りました。一刻も早く、烈雅様にお目にかかりたくて……」

正直に答えると、烈雅はやや面食らったような表情をした。

玲深の心変わりをすぐには信じられないのだろう。

以前にも一度、烈雅に情が戻ったふりをして烈雅を手ひどく裏切った。

だが、そのときと今は違うのだということを証明しなくてはいけない。

なんと説明しようと玲深が必死に考えを巡らせていると、烈雅はふいに微笑んだ。

「そうか。ありがとう。立ち話もなんだ。すぐに部屋へ案内しよう」

烈雅の口から礼の言葉を聞くなど、今までだったらありえないことだ。

王宮にいたときが嘘のように、今日の烈雅は全身に朗らかな雰囲気を纏っている。

美しい景色と牧歌的な人々に囲まれた田舎《いなか》暮らしが烈雅を変えたのかもしれない。

「許してくださるのですか？」

一縷の望みを胸に問いかける。

「何をだ？」

「私はあなたを殺そうとした男です。それなのに」

「……俺はお前に殺されるようなことをしたのだから、当たり前だ。罰はもう受けた」

烈雅は左目に巻かれた眼帯を指さし、何もかもを達観したかのような表情で微笑む。

罰なんて、烈雅よりも本当は自分のほうが受けるべきだ。

烈雅の愛を疑って、その不器用さを憎み、終《しま》いには裏切った自分の心の弱さを。

我が身の不幸を嘆くばかりで自ら運命を変えようと努力しなかったその怠慢を。

「申し訳ございません。申し訳ございません……っ、なんとお詫びしたらいいのか……私は……っ」

地面に再び額をつけ、玲深は全身全霊で烈雅に詫びた。ここへ来る道中、謝罪の言葉はたくさん考えたはずなのに、いざ本人を前にすると、嗚咽しか出てこない。そんな自分を玲深は恥じた。

「もう過ぎたことだ。そう気に病むな。俺はお前が逢いに来てくれただけで嬉しい」

宥めるように優しく頭を撫でられる。玲深は恐る恐る顔を上げた。

「その御目はもう見えないのですか？」

「そのようだな。でも別段不便はしていないぞ」

そんなはずはあるまい。不慣れな土地。片目だけの生活。幼い頃から多くの召使に傅かれて育った烈雅が苦労しなかったはずがない。

実際、鍬《くわ》を握る烈雅の手にはまめができているし、体のあちこちも農作業でついたと思しきかすり傷や打撲でいっぱいだ。

「都を追われてから俺はこの町で平穏に過ごしていた。ここでの暮らしは貧しいが、食うには困らない程度の食料もある。何より誰も俺を知らない。王としてではなく、ただの落ちぶれた貴族として扱ってくれる。それが嬉しいのだ」

烈雅は心から幸せそうに笑う。その言葉に嘘はなさそうだった。

こんなに穏やかな瞳をしている烈雅を玲深は初めて見た。

烈雅がずっと王を辞めたがっていたのは本当だったのかもしれない。

「なぜ畑仕事をしているのか、お前は不思議に思っているかもしれないが、これは好きで手伝わせてもらっているのだ。王宮にいた頃は、このような百姓たちの苦労は知らなかった。自分で育てた作物は、この上もなく美味しいぞ。あとで存分に味わわせてやろう」

酒浸りだった王宮での生活が嘘のように、日に焼けた烈雅は健康的で明るい表情をしている。

あれだけ自分がいなくてはだめだと言っていたのに、自分がいなくても烈雅は幸せな生活を送っていたのかと思うと玲深の胸は切なく痛んだ。

「それで、お前は何をしにここへ来たのだ？　清雅のもとで、念願の官吏になれたのだろう？」

その問いかけに玲深は、ぐっと唇を嚙みしめた。

烈雅はやはり自分を官吏に戻すため、毒を盛られる前に宦官制撤廃の法案を審議にかけたのだ。

結果として玲深は官吏には戻れなかったが、後悔はしていない。

それ以上になりたいもの、自分の求めているものがわかったからここへ来たのだ。

たとえ、烈雅がもう自分への愛を失っていたのだとしても構わない。

「やっとわかったのです」

「何がだ？」

「私のしたいことが」

声が涙で詰まる。

それを認めるのがずっと怖かった。

官吏になりたいとか、国をよくしたいとか、理想を描くより先に、自分が幸せになりたかった。心から愛する人とともに幸せになりたかった。

たったそれだけの答えを見つけるまでに、ずいぶん時間をとられてしまった。

長く抱いていた鬱屈とした思いは消え去り、今は心の奥にぐちゃぐちゃになって絡まった糸が一気にほどけたような、解放感に満ちている。

「私は、烈雅様のおそばで生きていたい。どんな姿にされても、私はあなたを憎み切れなかった。あなたを、愛しているから……」

言葉尻が涙で掠れる。

もっと早く素直になればよかった。

三年前、宮刑を受けたのも、烈雅が自分を生かすための苦肉の策だとわかっていたのに、惨めな姿にさせられたことばかりに気をとられて、見舞ってくれた烈雅を手ひどい言葉で傷つけた。

きっと怖かったからだ。

男でも女でもない、醜い体をした生き物にさせられたら、烈雅は自分を愛してくれなくなるだろうと、勝手に決めつけて悲観して泣いてばかりいた。

しかし、烈雅はそれからも変わらずに自分を愛し続けてくれた。

憎しみをぶつけるばかりの自分に腹を立て、ひどい仕打ちを与えられたこともあったけれど、素直に体を開けば昔と変わりなく、優しく情熱的にこの醜い体を抱いてくれた。

もっと早く、互いの気持ちをわかり合えば、こんなにもすれ違うことはなかっただろうに。

「これからも、ずっとおそばに置いていただけませんか?」

地面に四つん這いになり、玲深は烈雅の沓の爪先に口づけた。

永遠の忠誠を誓う、臣下の礼だ。

ここからもう一度、すべてをやり直したい。

身分やしがらみを捨て、烈雅と初めて出会った子どもの頃のように、権力も他人も何も邪魔するものがない、まっさらな状態でもう一度、烈雅と向き合いたい。

そう願うことすら、自分にはもうおこがましいのかもしれないけれど、烈雅が許してくれるなら、自分は犬にだってなる。

烈雅の気が向いたときだけで構わない。昔のように髪を撫でて、時々優しく笑いかけてくれたら、それだけで十分だ。

「俺はもう王ではない。ただの農夫だ。お前の望む生活も、地位も名誉も何も与えてやることができない。それでもいいのか？」

「はい。王でなくとも、どんなお姿になっても、私の主は烈雅様お一人だけ。私が愛する御方は、あなた様だけでございます」

差し出された手の甲に、玲深は心を込め口づけた。

烈雅を愛している。

清雅相手には許せなかった、恥ずかしい姿や惨めな姿を晒すことだって、烈雅の前でなら構わない。

烈雅はきっと、そんな自分を見ても態度を変えたりしないだろうから。

玲深は涙で濡れた視界で烈雅の瞳を見つめ、返事を待った。

烈雅はしばらく無言を貫いたあと、やがて観念したように大きなため息をついた。

「せっかく諦めてやったのに……」

低く呟く声とともに腰を引き寄せられる。

「そのようなことを容易く口にして……覚悟はできているのか？」

「覚悟？」

「未来永劫、俺のものになるという覚悟だ」

「はい。できております……」

玲深は迷わず頷いた。そんなこと問われるまでもない。

烈雅のものになるため、自分はここまでやってきたのだ。

今さら引き返すことも、戻る場所もない。

烈雅のもとで生きていきたい。今後一生、自分は烈雅のそばで同じものを食べ、同じ景色を見て、いつまでも寄り添っていたい。

「男でも女でもない、このように醜い体でよろしければ、指先、眼球、髪の毛一本にいたるまで、烈雅様のものにしてくださいませ」

「その言葉、忘れるな」

背骨が折れそうなほど強く抱きしめられる。

烈雅の目にも涙が浮いていた。

「……やっと手に入れた。お前が泣いて嫌がっても、もう二度と離さぬぞ」

低く掠れた声が烈雅の積年の想いを伝えているようで、玲深の胸は詰まった。

「愛している、玲深。俺には今も昔も、ずっとお前だけだ」

何度も聞いた言葉。永遠に変わらぬ言葉。

嬉しさに目の前が白く霞む。

「抱いてください……」

囁くような声で、玲深は願った。

この世で一番愛しい男に、このまま抱き壊されたい。骨までしゃぶられたい。

ありのままの心と姿で、烈雅と愛し合いたい。

ずっと心に秘めていた欲望を口にすることを許された自分は今、この世で一番幸せな恥知らずだと思った。

灰色に曇った空からは、今年初の雪が降り始めていた。

*

どこまでも続くと思われた、螺旋《らせん》状に続く階段を登り切った古城の最上階に、烈雅の寝室はあった。

掃除が行き届いていないようで、天井の角に蜘蛛《くも》の巣は張っているし、寝台も後宮とは比べものにならないぐらい粗末な代物だ。

でも、それでも玲深は構わなかった。

烈雅と再び抱き合える。烈雅の情けを授けてもらえるのなら、場所なんてどこでもいい。

「玲深、玲深」

烈雅も余裕がないようだった。

いつになく荒っぽい手つきで玲深の旅装を脱がせながら、何度も口づけを求めてくる。

「んっ……烈雅様」

そんなに急がずとも自分は逃げたりしないのに、烈雅から性急に求められていることが嬉しくてたまらない。

烈雅は玲深を生まれたままの姿にすると、もどかしげに自分の着物も脱いだ。

「左手は、もう使えるようになったのですね」

「ああ。だいぶよくなった。両手が使えぬとお前を満足させてやれぬから、懸命に治療に励んだのだ」

「お戯れを」

真顔で冗談を言ってくる烈雅が可笑《おか》しくて、思わず声を立てて笑う。

「冗談ではない。俺は本気だったのだぞ、玲深」

ようやく完治した左手で、烈雅が玲深の髪を撫でてくる。

「ずっと不安だったのだ。王であることを辞めたら、お前が俺のそばからいなくなってしまうのではないかと……。俺は王であること以外、誇れるものが何もない人間だったから」

「何をおっしゃいますか。そのようなこと」

「本当なのだ。だから、せめてお前だけを愛そう。生涯お前一人を愛し抜くことを誇りにしようと決めていたのだが、そのせいでお前をずいぶん苦しめてしまった。今さらなんと詫びればいいのかわからないが……どうか許してほしい」

「烈雅様」

手を伸ばし、玲深は烈雅の頬に伝う涙を拭った。

そこで烈雅は初めて自分が泣いていることに気がついたようだった。

恥ずかしそうに親指で涙を拭い、玲深を抱きしめてくる。

「お前を失いたくなくて、宮刑を与えることになったとき、獄中で苦しむお前を見て胸が引きちぎられるような思いを味わった。だから、お前が俺を憎むのも仕方ない。そう思っていたのだが……、宦官となったお前から冷たい視線を向けられるたび、悲しさと切なさに心が凍えて……お前にさらなる無体を加えてしまった。本当にすまない」

裸の胸から伝わる烈雅の鼓動は、いつになく速い。恐らく緊張しているのだ。

烈雅はもしかしたらずっと、玲深に謝る機会を探していたのかもしれない。

宦官となった玲深を閨に呼び、手ひどく責める傍らも、烈雅はずっと苦しげな表情をしていた。

あれはきっと愛情の裏返しだったのだろう。

玲深を優しく抱きたいと思っているにもかかわらず、玲深が頑なに烈雅を拒否し続けていたことで、行き場のない恋心が暴走してしまったのだ。

「俺は弱い人間だ。お前がいなくてはだめなのだ。王宮を追われ、この町で暮らすようになってからも、昼間はお前の幻覚を見るし、夜は夢に現れる。己の浅ましさにほとほと参っていたところだ」

烈雅は恥ずかしそうに告白する。そして「夢ではないのだな」と玲深の頬を撫でてその感触を確認すると、とろけそうな笑みを浮かべた。

「私も夢を見ておりました。烈雅様に再び抱かれる夢を……」

「本当か？」

烈雅が目を瞠る。少年のように嬉しそうに弾む声音に、玲深の胸の中が温かくなる。

「懺悔《ざんげ》をするなら私のほうです」

玲深は正直に告げた。

「かつて烈雅様の閨にあがっていたとき、夜伽役という立場も忘れ、この国の王である烈雅様を私一人のものにしたいと、身のほど知らずの夢を抱いておりました。だから、罰《ばち》が当たったのでしょう」

かつては胸に巣食うこの醜い思いを誰にも知られたくなかった。

けれど、今ならば素直に言うことができる。

好きな相手を永遠に自分一人のものにしたいと、烈雅も自分と同じ妄執に取り憑《つ》かれていたのだと確認できた今ならば。

「官吏になる夢はもういいのか？」

烈雅が微笑みながら訊いてくる。

「自分自身を幸せにできぬ者が、どうして民の幸せを導く権利がありましょうか。私は国の政事よりも、あなた様を選びました。烈雅様を得られるのなら、それに勝る幸せはありませんん」

紆《う》余曲折《よきよくせつ》を経て、玲深が選んだのは、我が身の幸せだった。

このように利己的な考えは、神の怒りに触れ、再び罰が当たるかもしれない。

けれど、烈雅と一緒ならば怖くなかった。

地獄へも落ちる覚悟で燃え盛る後宮を見捨て、一人烈雅のもとへやってきたのだ。

「お慕い申しあげております、烈雅様……」

ずっと胸に抱えていた言葉を吐き出すと、気持ちが安らかに凪《な》いだ。

好きな相手に好きと言うだけで、どうしてこうも幸せな気分になれるのだろう。

「玲深……」

感極まったように烈雅が名前を呼んでくる。

「やっとその言葉を聞かせてくれたな。俺がどれだけ、その言葉を待ち焦がれていたか、お前は知らないだろう」

烈雅はそう言うと、玲深の唇を再び己のもので塞いだ。

そして、頬、胸、脇腹を伝って、下肢へと順に口づけを落としていく。

「ぁ……烈雅様、そのようなところ……」

両脚を開かれ、双丘の狭間《はざま》に烈雅の舌が差し入れられる。

玲深は寝台に両肘《りょうひじ》を突き、慌てて上体を起こした。

しかし、烈雅の手で制され、再び寝台に横たわるよう指示されてしまう。

「構わぬ。そのまま感じていろ。今日は優しくしたいのだ」

「ですが……」

中の秘肉を音を立てて吸われるたび、どうしようもない羞恥心と快感が込みあげてくる。

なんの準備も施していないそこはまだ、乙女のように羞《は》じらい、固く蕾を閉じている。

そこを烈雅は自らの舌で解《ほぐ》そうとしてくれているのだ。

「俺はお前が愛しくてたまらないのだ。今日はこのままずっと舐めていてもよい。もっと感じている顔を見せてくれ」

「あっ……」

烈雅の気持ちは嬉しいが、それは玲深にとって拷問に近かった。

烈雅に触れられている。それだけでもすでに体が火照り、後ろが疼いてたまらなくなっているというのに、敏感な媚肉をじかに啜られてはひとたまりもない。

「だめです……っ、烈雅様、それでは……玲深は、いくらも保ちませぬ……」

「ならばどうしてほしいのだ？」

烈雅の問いかけに期待して、玲深の唇から甘い吐息が零れる。

「どうか、ひと思いに突いて……私を貫いてくださいませ。烈雅様が欲しくて、我慢できぬのです」

右手を伸ばし、烈雅の宝物をそっと握りしめる。そこはすでに硬く張り詰め、天を仰いでいた。

「そのような台詞、誰から教わった？」

「……誰からも。はしたない願いを口にする私は、お嫌いでございますか？」

情欲に潤んだ瞳で見つめると、烈雅の頬に朱が走ったのがわかった。

「……っ、構わぬが、俺以外の男の前で口にしたら承知せぬからな」

「もちろん、言いませぬ。烈雅様だけです。私がこれほど淫らになるのは、烈雅様の前でだけ……」

玲深の言葉を聞き終わる前に、深く体を折り曲げられ、秘孔の入り口に烈雅が宛てがわれる。

「あ……」

「力を抜け。いくぞ」

「はい」

寝台の上に仰向けに横たわる玲深の体と正面から抱き合う形で、烈雅のエラの張った冠部分が、秘門を押し破り、ゆっくりと中へ入ってくる。

「あっ……あぁ……」

自ら望んだこととはいえ、圧倒的な質量がそこを犯すには、まだ準備が足らなかったようだ。烈雅が慎重に腰を押し進めるたび、中の肉が引き攣り、目の前がちかちかと霞む。

「きつくはないか？」

「はい、大丈夫でございます」

本当は少し痛かったが、それ以上に烈雅を身のうちで感じられることのほうが嬉しかった。この痛みが烈雅なのだ。

今この体を貫く灼熱《しゃくねつ》の杭《くい》が、涙が出るほど愛おしい。

玲深は烈雅の背中に腕を回し、詰めていた息を大きく吐き出した。

「気持ちようございます。烈雅様が、私の奥まで……」

意識して全身の力を抜くようにすると、その分だけさらに体内に烈雅の入り込む隙間が生まれる。

玲深は腰を動かし、より奥へ奥へと烈雅を迎え入れようと努めた。

「そう、あまり煽るようなことを言うな。我慢が利かなくなる」

烈雅の声が低く掠れている。

玲深の中のきつい締めつけに呻いているらしい。

つながった箇所から、烈雅の昂《たかぶ》る脈動が伝わってくる。

しかし、烈雅は玲深の体を気遣ってか、なかなか律動を開始しようとしない。

「どうか我慢なさらず。烈雅様の思うまま突いてくださいませ」

焦れた玲深は烈雅の耳元でねだった。

せっかく想いが通じ合ったのだ。今日は何も考えられなくなるほど強く、激しく烈雅と獣のようにまぐわいたい。

「そのようなことを言って……どうなっても知らぬぞ」

「……あぁ！」

「しっかり摑まっていろ。このままでは、お前を突き壊してしまいそうだ」

烈雅が玲深の腰を摑み、抽挿《ちゅうそう》を開始する。

浅いところを突かれるともどかしく、刺激を求めてまた腰が勝手に揺れてしまう。

烈雅が笑って、穿つ角度を少しずつ変えてくる。

ある一点を掠めた瞬間、焦げつきそうな快感が電流のように玲深の全身を駆け上った。

「はっ……あ、ぅ……」

烈雅の肩に掲げられた爪先がびくびくと震える。

蜜蠟の栓を施した前からは、たらたらと玲深が達したことを示す愛液が零れてくる。

だが、これはまだほんの序章だ。

烈雅が与えてくれる、もっと深い、倒錯的な悦びをこの体は知っている。

「いいっ……あっ、もっと……もっとくださいませ。私の躰を壊して……もう二度と烈雅様を裏切らぬよう、厳しく躾けてください」

愛しい男の背に縋り、希《ねが》う。

いくら淫らな願いを口にしても、烈雅は怒らない。自分の求めることを、すぐに与えてくれる。それはなんと幸せなことか。

「お前は魔性だな」

「あっ……っ痛……」

肩口に歯を立てられる。ちりりとした痛みは玲深の体をさらに熱く、昂らせた。

「望み通り、俺の証を刻んだぞ。これでいいのだな」

「は……い、あっ……あぁ」

そのまま貪るような口づけを受け、玲深はうっとりと目を閉じた。

烈雅に力強く穿たれるたび、身体の芯がとろけて、ぐずぐずに溶けていってしまいそうだ。

このまま甘やかされ続けたら、自分はきっと烈雅なしでは生きていけなくなってしまう。

けれど、それはきっと烈雅も同じだろう。

「……っ、そんなに締めるな、玲深……出てしまう」

「ください……、私の、中に出して」

「いいのか？」

「はい……っ、あっ、ああ……」

ふわりとした浮遊感が玲深の全身を包み、快楽の頂きへと押しやられる。

「……っ、玲深」

きつい締めつけに腰を震わせ、最奥へと自身を埋め込んだ烈雅が勢いよく精を放つ。

優しい口づけを受けながら、体を奥を満たす温もりに翻弄され、玲深は身悶えた。

たとえもう男としての性はなくとも、自分はこうして愛する相手と抱き合える。

一度きりしかない人生を、大切な人とともに生きられる喜びに、玲深は温かな涙を流した。

＊

新王の治世のもと、かつての栄華を取り戻したかに見えた煌国だったが、それより三年後、隣国の蔡によって攻め入られ、滅亡の一途を辿ることとなる。

煌国の若き王は捕らえられ、王家は断絶。

さらに蔡の国王は、西州に住まう先の王を捜したが、先王と従者の行方はようとして知れず、今もどこかで生きているのではないかと、蔡の属国となった煌国の民の間でまことしやかに語り継がれたという。

あとがき

シャレード文庫様では初めまして。今井真椎と申します。

このたびは本作をお手にとってくださり、ありがとうございました。

ずっと書きたかった宦官受けのお話です！

マニアックなネタなので、これを商業で書かせてくださるレーベルはないだろうなと思っていたのですが、わりとあっさり「いいですよ～」とおっしゃっていただけて「さすがシャレードさんだな！」と思いました。

私はデビューしたときからずっと「BLの限界に挑戦したい」という野望がありまして、本作も設定はイロモノですが、「男として最大の屈辱を受けてもなお、人は人を愛せるか……」といったわりと真面目なテーマが柱となっております。

おかげでちょっと気合入りすぎちゃって陵辱シーンや宮中のどろどろ描写が長くなっ

ちゃったんですが、そこはご愛嬌ってことで少しでも楽しんでいただけたら幸いです！

素敵なイラストをつけてくださったCiel先生。

先生の赤髪キャラが見たかったので、烈雅は赤髪になったようなものです。

大変美しく、扇情的なイラストをどうもありがとうございました！

そして、大変お世話になりました担当様。

初稿では玲深が毒蜘蛛みたいになってしまい、どうなることかと思ったのですが、担当様の的確なアドバイスのおかげで、なんとかまとまってよかったです…。

ご迷惑をおかけしてすみません。たくさんフォローいただきありがとうございました！

ここまで読んでくださった皆様も、本当にありがとうございました。

よろしければご感想等お聞かせいただけると幸いです。

二〇一四年一月　今井真椎

今井真椎先生、Ciel先生へのお便り、
本作品に関するご意見、ご感想などは
〒101-8405
東京都千代田区三崎町2-18-11
二見書房　シャレード文庫
「執着王と禁じられた愛妾」係まで。

本作品は書き下ろしです

CHARADE BUNKO

執着王《しゅうちゃくおう》と禁《きん》じられた愛妾《あいしょう》

【著者】今井真椎《いまいましい》

【発行所】株式会社二見書房
東京都千代田区三崎町2-18-11
電話　03(3515)2311［営業］
　　　03(3515)2314［編集］
振替　00170-4-2639
【印刷】株式会社堀内印刷所
【製本】ナショナル製本協同組合

ISBN978-4-576-14021-6

http://charade.futami.co.jp/

CHARADE BUNKO

スタイリッシュ&スウィートな男たちの恋満載

矢城米花の本

無理矢理抱かれている奴が、こんなによがり泣くものか

金《きん》蘭《らん》之《の》契《ちぎり》～皇子と王子に愛されて～

イラスト＝天野ちぎり

人質の王子・火韻の従者として帝国に暮らす琉思は、毎夜、皇太子・藍堂の寝所で彼の牡を受け入れている。一方、藍堂はその痴態に満足しながらも、琉思の忠誠心が子供のようにやんちゃな火韻に向いていることに不満を覚える。美しき従者を独占するため、藍堂は火韻の目の前で琉思を犯し、主従で番えと命じるが――。

CHARADE BUNKO

スタイリッシュ&スウィートな男たちの恋満載

秋山みち花の本

あなたの中に全部出す。これであなたは俺だけのもの――

神獣の褥

イラスト＝葛西リカコ

天上界一の美神・リーミンはその美貌に欲情した父の天帝から妻になるよう迫られ、「獣と番になったほうがましだ！」とそれを拒む。激怒した天帝によって神力を奪われたリーミンは、銀色狼・レアンの番として下界に堕とされるが……。蔦の褥に囚われ、屈辱的な官能に啼くリーミンの運命は――。